결혼을 쉽게 선택했다

결혼을
쉽게
선택했다

이은희 지음

사람을 선택한 결혼이 아닌, 결혼을 선택한 결혼이었다.

베이비 붐 세대의 여성이 겪은 삶의 이야기

좋은땅

몇 년 전 엄마가 간단하게 쓴 글이 회사 사보에 실리면서 당신만의 작문 스타일이 있다는 걸 알 수 있었습니다. 그 이후 엄마에게 책 집필을 제안했고, 엄마는 고민 끝에 책을 쓰기로 결심했습니다.

엄마에게 초고를 받았을 때는 눈물이 났습니다. 자식으로서는 몰랐던 엄마로서의 삶과 경험들이 적혀 있었습니다. 엄마만 느꼈던 감정과 생각들, 아빠의 잘못된 언행들, 이혼 후 외로움 등을 노트에 적힌 글로 알게 되어 가슴이 아팠습니다. 그리고 불편한 손으로 글을 쓰다 보니 중간중간 힘이 빠져 있는 문장들을 볼 때마다 안타까운 마음도 들었습니다. 그래도 책을 출판한다는 희망과 설렘을 가질 수 있음에 다행이라는 생각을 했습니다.

한 명의 독자로서 이 책을 보면, 베이비붐세대의 여성이 겪은 삶을 비교적 덤덤하게 적어 내고 있습니다. 당시의 사회현상을 분석하고 설명하는 글은 아니지만 IMF의 처참함, 남녀 차별, 가부장적인 사회 분위기 등을 1960년대생 여성의 삶을 통해 비교적 생생하게 보여 줍니다.

또한 순탄치 못했던 결혼 생활, 희귀병으로 인한 통증, 두 아들 육아, 이혼까지의 삶을 보여 주는 과정에서 결혼, 엄마, 이혼이라는 주제에 대한 저자만의 생각을 덤덤하게 적어 내고 있습니다. 누구나 한 번쯤은 고민해 볼 만한 주제들이기에 저자의 삶과 생각들은 다소 흥미롭습니다.

요즘은 과거와 달리 결혼도, 육아도, 이혼도 선택이 되어 버린 시대입니다. 하지만 선택할 수 있다는 것이 반드시 쉬운 것만은 아닙니다. 또 다른 고민과 책임을 동반할 수 있기 때문입니다. 특히 결혼과 출산이라는 선택은 과거보다 더 어려울 수 있습니다. 비록 책의 내용은 지나가 버린 시대의 경험이지만, 이러한 것들을 고민하는 독자들에게 조금이나마 도움이 될 수 있을 것이라고 생각합니다. 시대가 변했고, 앞으로 계속 변한다 할지라도 누군가의 삶과 생각은 작은 화살표가 될 수 있기 때문입니다.

마지막으로 부족한 글임에도 불구하고 초고에 대한 피드백을 주신 지인들에게 감사의 말을 드립니다. 그리고 이 책을 쓴 엄마에게 존경과 사랑을 표하며, 항상 건강이 함께하길 기원합니다. 엄마, 사랑합니다.

2023년 11월 어느 저녁에
작은아들이

삐~삐~삐~ 찰칵. 문을 열고 집으로 들어선다. 핸드백을 집어 던지고 그대로 거실 소파 위에 쓰러지듯 누웠다. 천장을 올려 다본다. 3인용이라고 구입한 소파는 누우면 항상 발목 근처에서 끝난다. 발이 대롱대롱거린다. 매번 '4인용을 구입할걸 그랬 나?' 하는 생각을 한다.

휴—ㅂ~, 슈~휴~. 아주 천천히, 길게 숨을 깊게 들이셨다 내 쉬었다.

최근 언제부터인가 숨이 제대로 쉬어지는 시원함을 느끼며 하루에 몇 번씩 이 숨을 즐기듯이 반복한다. 지독히도 가혹하게 버텨 냈던 지난 33년의 세월을 하나하나 내뱉듯이….

드디어 끝냈다. 사람을 견뎌 내고, 세월을 버텨 냈던 나의 인 생을.

아들들이 서른이 넘으면서 이런 얘기를 자주 한다. 결혼은 결 혼하고 싶은 사람과 결혼하고 싶을 때 하는 게 좋은 것 같다고. 결혼하고 싶은 사람은 물론 사랑해야겠지만, 그 사람과 적어도 50년 이상을 살아야 한다는 걸 상상해 보고 그의 단점들을 긴 기간 동안 견뎌 낼 수 있는지를 생각해 봐야겠다고. 무엇보다

의사소통이 되고 같은 방향을 보는 사람이면 좋겠다고 얘기한
다. 아들들이 다 컸다.

이제 나의 결혼 생활을 돌아본다. 지독하게 가혹했던 내 인생
의 결혼 생활을.

목차

1장

결혼
10년

잘못 들어선 길, 결혼

1987년 11월. 25살. 그 나이 될 때까지 연애 한 번도 못 해 본, 요즘 아이들 말로는 모태 솔로였던 나는 엄마가 보라는 맞선에 나갔다. 맞선을 본다는 게 딱히 내키진 않았지만 당시에는 많이들 보았다. 연애도 못 하고 있었고, 결혼 적령기가 다가오고 있었다.

내 친구들은 대부분 남자 친구가 있었고, 결혼 날짜를 잡은 친구들도 여럿 있었다. 다들 내가 제일 나중에 결혼할 거라고 생각하고 있었지만, 아이러니하게도 내가 제일 먼저 스타트를 끊어 버렸다. 맞선을 본 지 한 달 후부터 마음속에서는 계속 '뭔가 아닌 것 같은데….' 하는 불편함과 불안함이 들었다. 하지만 집도 답답했고 직장도 맞지 않아 결혼을 회피처로 택하려는 마음이 있어 불편했던 내 느낌을 부정하려고 했던 것 같다. 상대방은 두 번째 만남부터 결혼을 서둘렀고, 당시에는 파혼이라는 게 쉽지 않았다. 첫 맞선을 본 지 4개월 만인 26세에 결혼을 했다. 사람을 택한 결혼이 아니라, 결혼을 택한 결혼이었다. 당연히 잘못 들어선 길이었다.

내가 잘못된 길을 선택했다는 걸 확인하는 데는 결혼한 지 1

개월도 채 걸리지 않았다. 남편은 7살 연상이었고, 누나만 4명 인 7대 독자였다. 여자는 집에서 아들을 낳아 키우고 자신을 위해 밥과 빨래를 해 주는 그냥 그런 존재라고 생각하는 가부장적이고 권위적인 사람이었다. 반면, 나는 남동생만 3명이었고 남동생들은 나한테 꼼짝 못 했을 뿐만 아니라 남동생들의 왕이었다. 항상 당당하고 밝았던 나에게 남자는 그냥 남자일 뿐이었다. 서로 이렇게 대조적인 환경과 상반된 생각으로 자랐으니, 나로서는 도저히 이해 불가능한 결혼 생활이 시작된 것이다.

옷이라고는 청바지밖에 없었던 내가 청바지를 입으면 그런 옷을 입는다고 성질을 내었다. 아침잠이 많은 내가 어쩌다 한번 늦게 일어나서 토스트를 구워 주었는데, 기본이 안 됐다고 얼마나 성질을 내던지 어리둥절했었다. 툭하면 아무것도 아닌 일에 기본이 안 됐다며 함부로 말했다.

나에 대한 호칭은 기본적으로 "야!"였다. 저녁이면 설거지를 끝낸 내게 다리를 주물러라, 팔을 주물러라, TV 채널 돌려라(옛날에는 리모컨이 없는 다이얼 TV였다.) 주문을 했고, 나는 마치 왕의 시녀처럼 아무 말 없이 그냥 하라는 대로 했다.

감정의 기복이 별로 없던 나와는 달리 그 사람은 아침저녁으로 감정이 달라졌다. 아침 출근 시에는 한껏 기분이 좋아 이것저것 떠들며 나갔지만, 퇴근 후에는 갖은 인상을 찌푸리고 들어와 3~4일씩 말을 안 하고 싸늘한 상태로 있었다. 이유도 몰랐다. 매일 불안해하면서 긴장하고 눈치만 볼 수밖에 없었다.

내가 기본이 안 됐다니…. (지금도 생각하면 화가 난다.) 무엇보다 남편이라는 사람이 무섭고 어려워서 점점 불편해지고 긴장되기 시작했다. 이 모든 게 결혼 1개월도 채 안 됐을 때이다.

외롭고 힘든 임신과 마주하다

지금부터의 상황은 35년 전의 의료 상황임을 미리 말해 둔다.

어느 날부터인가 계속 배가 아파서 산부인과에 갔더니 임신이었다. 그러나 처음 간 병원에서는 큰 병원의 산부인과로 가 보라는 얘기를 들었다. 겁이 났지만, 신혼 2개월 차임에도 남편이라는 사람에게 같이 가자는 말을 하기 싫었다. 혼자 종합병원을 찾아갔다.

병원에서는 나팔관 한쪽에 너무 큰 혹이 있고 임신 중 배에 눌려 터질 가능성이 많은 위치라 아이와 혹 수술을 함께 해야 한다고 했다. 그러고는 보호자가 와야 한다고 얘기해 줬다. 돌아오는 버스에서 얼마나 겁이 나던지…. 몸에 이상이 있는 것보다 이 얘기를 어떻게 전해야 할지 고민이 되었고, 특히 그 사람이 어떤 반응을 보일지가 무서웠다.

지금 생각해 보면 당당하고 밝았던 나 자신은 어딘가로 사라져 가고 점점 쪼그라지고 있는 풍선처럼 되어 가고 있었다. 나는 불과 결혼 2달 만에 변해 가고 있었으며, 항상 눈치 보고 긴장하고 있었다. 다른 생각을 할 여유가 없으니 그 많던 친구들과의 연락도 점점 끊겼다.

며칠을 고민하다가 그래도 얘기는 해야겠다는 생각이 들어 상황을 정리하여 얘기했다. 마치 죄인처럼. 남편의 반응은 "처녀가 왜 그런 이상이 생겨?!"가 첫마디였다. 그리고 "난 아들 낳아야 해."라고 말했다. 끝이었다.

그 뒤로 단 한 번도 나에게 병원을 같이 가 보자고 하거나, 임신 중 몸이 어떤지, 무엇이 먹고 싶은지 등 나를 위해서 묻거나 배려해 주는 건 일절 없었다. 늦잠 역시 그에겐 용납이 안 됐다. 어느 순간 이 모든 걸 혼자 감당해야 한다는 사실을 깨달았다.

임신하고 있는 어린 아내였음에도 혼자 모든 걸 감당했다는 게 지금도 가장 용서가 안 되는 일이다.

남편은 친정이 멀리 있어야 한다는 이상한 생각을 하고 있어 직장이 서울임에도 불구하고 신혼집을 경기도 과천에 얻었다. 하지만 임신한 나로서는 서울로 한 번 나오는 게 당시만 해도 꽤나 힘들었다. 혼자 어찌할 바를 모르다가 혹시나 하는 마음에 다른 종합병원을 찾아갔다. 이번에도 역시 혼자서 갔다.

그곳에서는 더 심한 상태가 발견되었다. 다른 나팔관에도 혹이 두 개나 있는 게 발견되었던 것이다. 나팔관 양쪽 모두에 이상이 있었고, 당연히 아이는 지워야 한다는 게 의사의 소견이었다. 26살, 그 당시에는 많다면 많은 나이였지만 모든 걸 혼자 감당하기엔 어린 나이였다.

결혼을 쉽게 선택했다

집에 도착하자마자 쓰러져 자고 싶었지만 저녁 준비를 해야 했다. 당시 계단을 오르내리는 아파트의 5층에 살았는데, 계단으로 올라오는 그 사람의 구두 소리가 들리면 숨이 막혀 왔다.

아침과 낮이면 혼자 갖은 생각과 걱정, 그리고 무서움에 어찌할지 모르는 상황에서도 아이만은 지켜야 한다는 마음을 먹었다. 그리고 그 사람이 출근하면 쓰러지듯 바로 누워 잠이 들었다가 오후가 되면 다시 일어나 집안일을 하고 장을 본 다음 저녁을 준비했다. 그렇게 1~2주 정도 시간이 흐르면서 어느 날부터인가 수시로 무서운 생각이 들었다가 사라지면서 가슴이 툭 내려앉았다.

불현듯, 안 되겠다 싶어 서울에 있는 또 다른 종합병원을 찾아갔다. 이번에도 여전히 혼자였다.

검사 결과는 같은 결과, 같은 대답이었다. 한쪽 나팔관의 혹이 너무 커서 배가 조금만 불러와도 터질 수 있었고, 다른 쪽 혹도 좋은 상태가 아니었다. 의사는 그렇게 될 경우 나와 아기 둘다 위험한 상태가 된다고 했고, 덧붙여서 아기와 혹을 같이 수술해야 한다고 했다.

돌아오는 버스에서 이전보다 냉정하고 현실적으로 이런저런 생각을 하면서 현재의 상황을 받아들이려고 노력했다. 그러나 아무리 생각해도 아기 수술은 도저히 안 되겠고, '그냥 버터 보자!'라는 생각밖에 할 수가 없었다. 물어볼 곳도 의논할 곳도 없었다. '잘못되지 않을 수도 있고, 잘못되어도 같이 잘못되자. 그래. 차라리 같이 잘못되는 게 낫겠다.'라는 마음을 먹고 하루하루 '잘될 거야.'라는 다짐을 머릿속으로 끊임없이 되뇌었다.

그래도 마음속 깊은 곳은 살얼음판을 걷는 느낌이었지만, 선택의 여지가 없었다.

결혼을 쉽게 선택했다

배려 없는 결혼의 시작

그 사람의 태도는 한 치의 변함이 없었다.

평소에 밥을 차리면 짜니, 싱겁니, 반찬이 부족하니 하며 반찬 투정은 기본이었고 무언가 마음에 안 들면 젓가락을 밥상 위에 놓고 인상을 찌푸림과 동시에 먹지 않았다. 그 와중에 집들이를 한다고 많은 직원들을 집으로 데려오기도 했다. 또 몸이 안 좋은 와중에 와이셔츠를 다리는 일은 정말 힘들었다. 하루만 입고 벗어 던졌기 때문에 이틀이 멀다 하고 손빨래에 다림질을 하는 게 얼마나 힘들고 짜증이 났던지. 이틀은 입어도 될 텐데…. 욕실과 변기를 청소할 때면 '내가 지금 여기서 뭐 하고 있지?!'라는 생각이 들었고 저녁이면 막막한 마음에 욕실에서 수돗물을 틀어 놓고 눈물을 닦아 내기도 했었다.

날씨가 쌀쌀해지면, 연탄으로 난방을 해야 했다. 지금 세대에게는 생소하겠지만, 당시에는 보일러를 설치하는 가구보다 연탄을 사용하는 가구가 많았다. 연탄은 제때 갈아 주면서 연탄불을 조절해야 했고, 특히 새벽에 자다가 일어나 연탄을 갈아야 할 때는 일어나질 못해 늘 꺼져 버렸다. 그러면 번개탄이라는 것으로 연탄불을 다시 살려야 했는데, 그걸 한 보따리 사 놓고 거의 매일 살리곤 했었다. 연탄불을 살릴 때면 가스가 심해 안개가 자욱하고 가스 냄새도 심하게 났다. 이걸 마시면 아이한테 안 좋을 것 같아 아주 조심스럽게 연탄불 좀 갈아 줄 수 없냐고 부탁을 했다가 되로 주고 말로 받았다. 자기 엄마는 아이를 몇 명 낳는 동안 밭일도 하고 어쩌고저쩌고…. 말이 되는 소리를 하란다.

그리고 본인은 기관지가 안 좋아 연탄가스를 마시면 안 된단다. 그 말을 성내면서 하는 동안 나는 그냥 그 입만 바라보고 있었던 것 같다.

친정아버지는 퇴근 후엔 제일 먼저 지하실 연탄불부터 살펴보시곤 했다. 아침 출근 시에도 늘 그러하셨고, 겨울이면 겨울 준비를 위해 각 방마다 창문에 비닐을 붙이시고 수시로 방바닥을 만져 보곤 하셨다. 봄, 여름, 가을이면 옷 정리도 다 하셨고 천장의 형광등이 깜빡거리면 엄마는 아버지 회사에 전화를 하셨다. 일찍 퇴근하고 형광등 교체하라고.

이런 것들을 보고 자라서인지 나는 이것저것 잘했다. 겨울이면 혼자 문풍지를 사다가 창문에 붙이고, 형광등을 갈아 끼우고. 이런 건 식은 죽 먹기였다. 혼자서 집도 보러 다니며 계약하고, 이삿짐도 혼자 싸고, 이사 후엔 혼자 전선 정리까지 다하고. 기타 등등 집 안에서 발생하는 대소사를 모두 혼자서 처리하며 살았다. 그래서 그 사람은, 모든 일이 저절로 되는 줄 알았다.

왜 시키지 않았냐고 물어볼 수 있겠지만 오죽하면 말조차 하지 않고 혼자 다 처리하고 살았겠나. 어쨌든 그렇게 하루하루를 보내다 보니 시간은 지나가고 있었다. 결국 불안함에 친정 엄마에게 얘기를 했다.

잠시 나의 친정 엄마를 얘기해 보려고 한다. 엄마는 나에게 그냥 엄마일 뿐이다. 어려서부터 엄마는 항상 아버지와 다투셨다. 엄마는 공무원이었던 아버지의 월급이 적다는 이유로 하루가 멀다 하고 다투셨다. (대부분 엄마가 일방적으로 얘기하는 식이었다.)

결국 엄마는 옷 가게를 외할머니와 차리셨고, 장사를 하느라 바빠서 그런지 나와 동생들은 거의 신경 쓰지 못하셨다.

그래서 나는 초등학교 때 친구가 없었다. 학교가 끝나면 동생들 셋을 데리고 시장에서부터 온 사방팔방을 돌아다니며 놀다가 해가 질 때쯤 동생들과 함께 집으로 들어왔다. 그리곤 저녁밥을 차려 먹이고 그냥 잠들곤 했다. 오죽하면, 동생들은 밤에 화장실 갈 때도 날 깨웠다. (집이 시장에 있어 시장 밖 재래식 공중화장실로 가야 했다.)

지금 생각해도 희한하지만, 내가 일어나 동생들을 데리고 가곤 했다. "누나, 밖에 있지?" "응, 있어." 금방 또 "누나, 밖에 있지?" 물어보고, "응, 있어." 그랬다. 엄마는 항상 바빠서 정신없었다. 내가 아프다고 해도 "응, 알았어."가 끝이었다. 나는 아파도 참았고 학교 일이나 진학 문제 같은 모든 일을 혼자서 결정했다. 고입, 대입 등 큰 시험을 보는 날이면 "엄마, 내일 시험 봐." 그게 끝이었다. 그냥 통보하면 끝이었다.

어디 대학을 가서 어떤 전공을 선택할지도 혼자 결정했고, 엄마가 매일 돈이 없다고 하니 나는 어렸을 때부터 대학을 가면 안 될 것 같다는 생각을 하곤 했었다. 결국 대학을 갔지만, 대학을 가면 안 된다고 생각을 했었다. 그래도 아버진 늘 시험장까지 와서 기다리시다가 짜장면을 사 주시곤 하셨다. 하지만 중요한 진로나 결혼을 결정할 때는 두 분 모두 내가 알아서 하는 걸 당연하게 생각하셨다.

그러면 안 됐지만 그러셨다. 세월이 가면서 너무 힘들 때면 가끔씩 엄마를 원망했던 적이 있었고, 엄마가 제대로 된 길잡이를 조금만 해 주었더라면…, 조금만 다정했었더라면… 하는 아쉬움을 가졌었다.

그렇게 엄마와 별로 친하지 않았고, 엄마를 딱히 좋아하지도 않았다.

그 덕분에(?) 우습게도 어릴 때부터 나의 꿈은 현모양처였다. 정말 다정하고 좋은 엄마가 되고 싶었다. 그리고 남편이 될 사람에게는 잔소리도 안 하고 큰소리로 싸우지도 않겠다는 생각을 하곤 했었다. 어쨌든 나는 엄마와 이런 관계였고, 엄마는 내게 큰일이 일어나지 않으면 나에 대한 일은 거의 모르셨다. 내가 딱히 말을 하지 않았거니와 얘기를 해도 상의도 되지 않았다. 그런데 너무 막막해서 엄마에게 전화를 해 병원에서의 일을 얘기했더니 엄마는 늘 그렇듯 덤덤하셨다. "어떡하니."

며칠 후, 엄마는 동네에 있는 산부인과 여의사 선생님을 추천해 줬고, 부랴부랴 다음 날 아침 일찍 추천받은 병원으로 갔다. 살려 주실 것만 같은 희망을 가지고…. 새로 차린 병원이었다.

그때만 해도 초음파진단이 상당히 고가여서 임신도 내진으로 진찰을 받을 때였지만, 의사 선생님은 나의 상태를 들으신 후 초음파로 검사를 진행하셨다. 초음파 기계가 종합병원보다 좋았고 물을 마시지 않아도 아기가 아주 잘 보였다. 당시 아이의 심장소리를 처음 들었다. 쿵. 쿵. 쿵…? 그랬던 것 같다. 그땐 무슨 올챙이같이 아주 작은 점으로만 보였다. 의사가 손바닥으로 배를 탁탁 두드리니 재빠르게 왼쪽으로 아주 빠른 속도로 피해 가더니 또 왼쪽 배 위를 탁탁 두드리니 다시 오른쪽으로 쌩하니 도망간다. 세상에…, 8주도 안 되었는데. 보기엔 정말 올챙이같이 아주 작은 점 같기만 한데…. 그렇게 내 안에 새로운 생명이 이어지고 있었다.

진찰 후 여자 의사 선생님이 나를 한참 바라보시더니, "아기 없애기 싫지?"라고 조용히 물으셨다. 그 순간 나는 눈물이 왈칵 쏟아졌다. 지난 2개월 동안 어떻게 할지 모르겠는 이 상황에서 누군가는 죽는다고 하고, 반드시 수술해야 한다고 하고, 의논할 사람은 없고…, 숨기고 있던 두려움, 무서움, 그런 감정들이 몰려오면서 저절로 눈물이 흘렀다. 그리고 나는 말없이 고개를 끄덕였다.

의사 선생님은 웃으시면서 대안을 말씀하셨다. 6개월이 되었을 때 수술하자고. 6개월이면 아기에게 괜찮을 거고 배도 불러오기 직전이니 그때 나팔관만 수술하자고 하셨다. 그 와중에도 나는 "그럼 마취제가 아기에게 괜찮을까요?"라고 물었고, 의사 선생님은 아기는 깜빡 잠에 드는 것일 뿐 괜찮다고 했다. 그런 걱정은 하지 말고 산모가 너무 말랐다며 잘 먹고 마음을 편히 가지라고 했다. 아기 수술은 안 해도 된다는 말에 얼마나 안심이 되던지. 일단 마음이 편해졌다.

당연히 아기 아빠라는 사람은 이 모든 상황들을 전혀 몰랐다. 아니 관심도 없었다. 내 몸은 항상 피곤했고 늘 배가 아프고 힘들었다. 그냥 그러려니 버티는 나날이 계속됐다.

시간이 흘러 6개월이 되자 욕심이 생겼다. 나는 "한 달만 더 버텨 보면 안 될까요?"라고 의사 선생님에게 부탁했고, 의사 선생님은 "딱 한 달만이야. 한 달 뒤에는 꼭 수술해야 해. 안 돼~"라고 말씀하시면서 기다려 주셨다.

임신 9개월의 수술과 생존

나는 7개월이 되자 또 버텨 보겠다고 우겼고 의사 선생님은 화를 내시며 마음대로 하라고 하셨다. 그렇게 버티다 결국 임신 9개월이 되던 때 일이 터졌다.

남편이 해외 출장을 가는 날이었다. 출장 가기 전까지 몸이 안 좋았고 힘든 상태였지만, 남편의 까다로운 입맛 탓에 매일 시장을 보고 집안일을 해야만 했고, 연탄불도 갈았다. 어제 반찬은 오늘 안 먹었고, 조금만 짜도, 싱거워도 인상을 찌푸리면서 "어유! 짜다 짜.", "왜 이렇게 싱거워?"라며 짜증을 내었다. 이 나물도 안 먹고, 저 고기도 안 먹고. 두 사람 밥상에 매일매일 반찬을 다르게 한다는 건 정말 힘들었다.

청소까지 참견하는 지경이었고, 계속 아들을 낳아야 한다고 압박해 대었다. 정말 한 대 때리고 싶다는 생각을 한 게 한두 번이 아니었다. 그래도 말 한마디 대꾸하지 않았다. 한마디 했다간 열 배로 되받으니 차라리 입을 닫는 게 나았다. 또 본인이 기분 나쁘면 이유도 모른 채 며칠이고 인상을 잔뜩 찌푸리고 있어 긴장감이 돌았다. 그런 분위기를 같은 공간에서 견디는 건 정말 숨이 막혔다. 그런 사람이 열흘 해외 출장을 간다니 얼마나 반갑던지.

12월 겨울 새벽안개가 자욱한 날이었다. 새벽 일찍 마중을 나가는데 내가 큰 캐리어를 들고 따라가고 있었고, 본인은 작은 서류 가방 하나 달랑 들고서는 택시를 잡고 나보고 빨리 오라고 소리쳤다. 나는 큰 캐리어를 끌며 뒤뚱뒤뚱 뛰어갔다. 지금 생각하면 그 상황이 너무 기가 막힌다. '왜? 내가 배도 부른 그 상황에서 큰 캐리어를 들어 주고 있는데!' 임신 9개월에 접어들고 있었음에도 말이다.

택시가 떠난 뒤돌아서는데 온몸에 식은땀이 나며 주저앉았다. 일어설 수가 없을 정도로 배가 아팠고 그 자리에 쓰러졌다. '어떡하지? 정신 차리자.' 하는 생각은 들었지만 다시 아파트 집으로 올라갈 엄두가 나지 않았다. 바로 병원으로 가야 했다.

다행히 택시가 오는 게 보여 택시를 간신히 세우고 타서는 목적지를 말했다. 손님이 정신을 잃어 가고 있다는 걸 눈치채신 기사 아저씨가 놀라면서 계속 말을 붙여 주셨다. 간신히, 그리고 간간히 대답하면서 정신을 붙들고 있었다. 나이가 꽤 드셨던 분 같았는데 지금 생각하면 새삼 감사하다.

간신히 병원에 도착했다. 기사 아저씨가 병원 벨을 눌러 주시고 병원에서 친정에 전화도 해 주어 부모님과 동생들이 달려왔다. 나는 바로 수술실로 옮겨졌다. 의사 선생님은 한숨을 쉬면서 긴박하게 움직이셨던 것 같다. 그런 와중에 큰 소리가 나는 것 같기도 했다.

수술 동의서에 아버지가 도장을 못 찍고 계셨던 것이었다. 몇 달 전까지만 해도 당신이 보호자셨는데, 지금은 아닌 것이다. 짧은 시간 동안 많은 생각이 스치셨고 수술이 잘못되면 어떡하나 하고 아버지도 무서우셨다고 한다.

수술실에서 의사 선생님이 다른 어떤 사람과 말씀을 나누시는 게 간간이 들렸다. "아기를 꺼내야지?" "그랬다가 2kg도 안 되면 어떡하지? 산모 몸 상태도 안 좋잖아! 또 한 달 후 분만은 어떻게 하지?"

이 와중에 나는 간신히 소리를 지른다고 질렀다. "선생님~" 의사 선생님은 못 들으시고 계속 대화를 나누셨다. "아니, 배가 저번보다 작아졌어. 납작해졌어. 어떻게 된 거지?" 내가 또 불렀다. "선생님~" 간호사가 들었는지 의사 선생님이 가까이 오셨다. "아기 꺼내지 마세요." 이 얘기를 하고 나는 정신을 잃었다.

수술은 5시간 넘게 진행되었다. 다행히도 혹이 큰 쪽이 터졌으면 산모와 아기 모두 그 자리에서 잘못될 뻔했는데 반대쪽 혹 두 개 중 하나가 두 번 꼬였단다.

수술 중간에 의사 선생님이 친정 엄마를 불러 얘기하셨다. 양쪽 나팔관 모두 수술해야 하고, 최대한 한쪽은 살려 보겠지만 그렇지 못한 경우 다시는 아기를 갖지 못할 거라는 설명을 하기 위함이었다. 그리고 "아니, 이게 두 번 꼬일 정도면 보통 아픈

게 아닐 텐데, 어떻게 단 한 번도 남편은 안 보이는 거야?"라고 말하셨다는데 평소에 가지고 있던 생각을 말씀하신 것 같았다. 의사가 보기에도 아기 아빠라는 사람이 이런 위급한 상황에 한 번도 병원에 오지 않는 게 이해가 안 되는 일이었다.

아기는 9개월이면 당연히 꺼냈어야 했는데(보통의 경우 9개월이니까), 나의 요청대로 꺼내지 않고 배를 꿰맸다. 그렇게 어렵고 힘든 수술을 마치고 나는 입원실로 옮겨졌고, 저녁이 돼서야 정신이 돌아왔다. 작고 납작했던 배가 서서히 불러오기 시작했다.

아기도 알고 있었나 보다. 엄마에게 큰 탈이 생겼었고 이제 괜찮아졌다는 걸. 아기는 내가 무사하다는 걸 느끼고 자기도 무사하다는 걸 내게 알려 주었다. 임신 9개월의 큰 배를 꿰매다 보니 내 배는 프랑켄슈타인처럼 얼기설기 엉망으로 꿰매져 있었다. 그러던 중 배 안에 녀석이 "엄마, 나 괜찮아요."라며 말하듯이 꿈틀거렸다.

안심이 되었지만, 수술이 끝나고 꿰맨 배의 마취가 풀리면서 배 속에서 아이가 움직이니 정말 아프다는 표현이 부족했다. 미련하게 참기만 하는 인생에서, 그땐 다행이다 싶으면서도 아픔에 저절로 눈물이 주르륵 흘렀다. 옆으로 누워도, 똑바로 누워도, 앉을 수도 없고. 어떻게 할 수가 없었다. 그런 나를 보면서 아버지도, 남동생들도 고개를 돌리고 눈물을 삼켰었다.

그 상황에서도 그 사람은 나에게 전화가 안 되자 친정에 전화

결혼을 쉽게 선택했다

를 했고, 동생이 수술했음을 얘기하자 "아, 그래?! 그럼 내일 도착하니까 집에 와 있을 수 있지?"라고 말했단다. 저녁 준비 해놓으라는 소리였다. 수술 뒤 간신히 실밥을 뽑고 있는 상태였다. 친정아버지는 기가 막히지만 어두운 얼굴로 그냥 가라고 하셨다.

집으로 와서 저녁 준비를 했다. 나는 매일 창백하게 질린 얼굴과 10개월의 부른 배로 계단을 오르락내리락하면서 변함없이 집안일을 해야만 했다.

결혼 2년 만에 두 아들의 엄마가 되다

한 달 뒤 자연분만을 했다.

분만 날짜가 지나도 소식이 없어 혼자 가방을 꾸려 친정으로 갔다. 친정 엄마는 "이상하다. 배가 다 내려왔는데…." 하며 병원으로 갔더니 아이가 다 내려왔단다. 의사 선생님은 "넌, 아픈 것도 모르니?! 미련곰탱아~ 아이고!" 나는 "임신 내내 아파서 산통이 뭔지도 모르겠어요."라고 말했다. 바로 분만실로 가서 4시간 만에 걱정과 달리 3.5kg의 건강한 아들이 태어났다.

내 인생에서 첫 번째 죽음을 견뎌 내고 버티면서 소중한 인연을 만났다.

아이가 태어나기 전, 나는 스스로 간절하게 맹세했다. "이 아이만 살려 주시면, 이 가정은 내가 지켜 낼 거야."라고. 그리고 목숨을 걸고 내게로 온 아이였던 만큼 대학 졸업 때까지는 가정에서 최선을 다하겠다고 맹세했다. 아이 아빠는 절대 변하지 않을 사람이고, 아이들에게 큰 도움이 되지는 않겠지만 어쨌든 외부적으로든 무엇이든 정상적인 가정 속에서 자라야 한다고 생각했으니까. 모든 것이 내 몫이 되겠지만 해내야 하고 버텨 내야 한다고 다짐했었다.

결혼은 잘못된 선택이었지만, 내가 선택한 것이기에 책임을 져야 했다. 이때는 어둠 속 끝이 보이지 않는 긴 터널을 그렇게 오랜 시간 버티게 될 줄 몰랐다. 이때보다 훨씬 더 힘들어지게 될 줄도 몰랐다.

이후 임신이 어려울 거라 했는데(수술로 나팔관 한쪽은 없애고 한쪽만 간신히 붙여 놓은 상태였다.), 다음 해에 둘째 아이가 찾아왔다. 큰아이 출산 후 1년도 안 되어 임신으로 같은 병원으로 갔다. 의사 선생님은 "너는 정말~ 아이고!!"라며 기가 차다는 듯이 말씀하셨다.

이 녀석은 5개월 태동이 시작되자마자 거꾸로 돌아갔다. 그래서 나머지 4개월 동안 애를 태웠고. 큰아이 때 배를 워낙 길고 크게 수술해서 둘째 아이도 반드시 자연분만을 해야 했었다. 다행히 10개월이 될 때, 둘째 아이가 제자리로 돌아왔다. 둘째도 건강하게 태어났다.

남편 시집살이와 살림살이에 완전한 연년생 아들 독박 육아. 연년생 육아는 해 본 사람만 안다고 하는데, 연년생 아들 둘 독박 육아는 말이 필요 없다.

큰아이 임신 때부터 우울증이 시작되었던 것 같은데, 우울증이 생겼다는 생각조차 사치스러운 감정이었다. 내 감정이나 내 기분, 내 몸이 아픈 건 저 밑바닥에 묻어지기 시작했다. 하루하루가 전쟁이었다. 24시간, 1달, 1년, 5년 동안이나…. 당시에는 6살이 되어야 유치원에 보낼 수 있어서 만 5세까지는 아이 둘을 꼬박 데리고 직접 케어해야 했다.

4살 때까지는 밤에도 우유를 먹였다. 이빨이 썩는다, 버릇이 안 좋아진다 등의 이유로 밤에 우유를 안 먹이거나 우유병을 돌이 지나면 끊는 경우가 있는데, 우유만큼은 어릴 때 많이 먹이는 게 좋을 것 같다고 판단했다. 두유와 반반 섞어 본인들이 스스로 우유병을 끊을 때까지 계속 먹였다. 우유병을 끊고 컵에 우유를 먹이면 사실 1잔 이상 먹이기 어려웠다. 두 녀석을 밤에 2시간마다 번갈아 가며 먹였는데, 둘이 시간을 맞춰 먹는 게 아니라서 밤잠을 몇 년 동안 제대로 자 본 적이 없었다. 아이들은 밥도 참 잘 먹었고, 후식으로 우유병 1병씩을 비우고는 나란히 누워 뒹굴거리며 잘 놀았다.

그사이 아이 아빠는 단 한 번도 우유를 먹인 적도, 기저귀 한 번 갈아 준 적이 없었다. 본인의 아침, 저녁밥만 중요했다. 밤새 한잠도 못 잔 날이 부지기수건만 아침밥 한 번 거른 적 없이 해다 바쳐야 했다. 낮에 하루 종일 집안일을 하면서 두 녀석에게 시달리다 보면 저녁에 넋이 나갔다. 하지만 저녁에는 저녁밥을 정성껏 만들어 바쳐야 했었다. 나는 나의 역할을 완벽히 하고 싶었고, 그 사람으로부터 어떤 책도 잡히기 싫었다.

두 녀석을 먹이고, 씻기고, 빨래하고, 청소하다 보면 정신이 없었고 종일 굶는 날도 많았다. 그럼에도 아이 아빠는 저녁밥을 먹으면 딱 TV 앞에 누워 휴식을 취했다.

저녁 식사 후에도 할 일이 태산이었다. 부엌에서 설거지, 두 번째 빨래, 아이들 목욕…. 아이들 목욕이 가장 큰일이다. 당시에는 온수가 지금처럼 잘 나오지 않았다. 그리고 한여름이 아니면 어린아이들이라 방 안에서 씻겨야 했다. 목욕물을 큰 통에 데워서 들은 다음 방에 있는 목욕 바구니에 옮겨 담아 씻기고, 다시 그 물통을 질질 끌어 갖다 버리고…. 이렇게 두 녀석을 씻기느라 반복하다 보면 진이 다 빠졌다.

남편은 매일매일 하는 것임에도 보고만 있었고, 단 한 번도 큰 통을 들어 준 적이 없었다. 통을 들어 줘야겠다는 개념조차 몰랐고, 그런 건 내 알 바 아니라는 생각을 하는 것 같았다. 도대체 무슨 심리인지! 정말 대단한 사람이었다. 그렇게 낳아 달라던 아들들에 대한 일임에도 배려나 돌봄이 없는 사람이었다. 아내라는 존재는 시중드는 사람으로 여기는 것 같았다.

당시에는 경제적인 것이라도 책임졌으니 그러려니 했지만, 그렇지 않을 때도 변함이 없었다. 얘기를 해 봐도, 부탁을 해 봐도, 전혀 소통이 안 됐다. 아니, 의논이나 얘기가 되질 않았다. 상대방의 이야기를 듣지를 않았고, 얘기 도중 눈빛을 보면 천장을 쳐다보고 있거나 딴짓을 하고 있었다. 그건 나 이외에 다른 사람들을 만날 때도 마찬가지였다.

한번은 큰아이가 7살 때인가. 식사 중 나한테 "엄마, 얘기하지 마. 아빠 하나도 안 듣고 있어! 혼자 얘기하는 바보 같아."라고 하는 것이었다. 아이 눈에도 그렇게 비춰질 정도이니 참. 직접 겪어 보지 않고 단순히 설명만으로 얘기하기엔 너무 어려운 사람이다.

결혼할 때 예물 같은 건 하나도 받지 못했다. 당시에는 보석 세트나 화장품, 옷, 가방 등을 예물로 주는 게 관례였다. 예물을 담은 함을 지고 신부 집에 가서 친척이나 친구들과 함께 열어 보는 풍습이 있었다. 여러 친척들과 친구들이 함을 맞이했는데 함을 열어 보자마자 엄마가 얼른 닫아 버렸었다. 속에는 가방이 하나 덜렁 들어 있었고, 케이스만 백화점 케이스고 속은 저렴한 화장품과 함께 있었다.

그날 저녁 모두 돌아간 뒤, 엄마는 굉장히 화를 냈지만 나는 그냥 이해했다. 원래 보석 같은 건 별 관심이 없기도 했고, 아이 아빠가 부모님 없이 혼자 공부하고 직장 생활하면서 그런 것에 신경 쓸 일이 없었으려니 했었다. 참 단순하고 순진했다.

결혼 후 같이 살다 보니, 결혼은 전부 빚으로 한 것이었고 모은 돈도 없었다. 양복만 한가득이었다. 직장 생활 십 년 동안 양복만 사서 맞선만 보러 다녔나 보다. 나를 만나기 전까지 맞선만 백 번을 넘게 봤다고 하면서 자랑하듯이 얘기했었다. 주말만 되면 토요일, 일요일 모두 2건씩 봤다고 했다.

내 친구들은 나이 차이도 많이 나고 남편이 직장과 직책도 있으니 가장 빨리 자리 잡고 편안할 거라고 생각했다. 하지만 나이만 많을 뿐 모든 것이 허상이었다. 그렇다고 해서 존중이나 배려를 할 줄 아는 인격조차 없었다. 최악이었다.

가끔 속으로 부르짖었다. 그렇게 많은 맞선녀 중 "왜 하필! 내가 왜! 하필 나냐고?!"

오롯 혼자만의 결혼 유지

아이 둘이 생기고 자라나자 아이 아빠 나이도 있고 이런저런 걱정이 되기 시작했다. 남편이 청약통장을 준비하지 않아 좋은 지역은 포기했지만 급한 생각에 경기도의 아파트 하나를 분양받았다. 계약금만 간신히 내고 나니 돈이 한 푼도 없었다. 그때부터 반지하방 1칸짜리 집에서 6년을 전전했다. 햇볕이 들지 않아 바닥은 늘 눅눅했다. 무엇보다 퀴퀴한 특유의 냄새가 있었는데 지금도 그 냄새를 잊지 못한다.

당시만 해도 지인들끼리 돈을 융통해 주고 월 2부씩 이자를 받곤 했었다. 여기저기 돈을 꿔서 메꾸고, 또 꿔서 메꿨다. 머리가 깨지는 것 같았다. 월급으로는 두 아이 양육비와 생활비도 빠듯한데 이자는 점차 늘어 가고 있었다. 무엇보다 중간중간 돈을 빌려준 사람이 돈을 갚으라고 할 때면 또 어디서 돈을 돌려 막아야 하나 하는 생각에 잠을 못 자는 날이 많았다. 그래도 꼬박꼬박 월급이 들어오니 버텨 나갈 수 있었고, 아파트 준공 때까지만 버티면 전세를 놓고 융자금을 해결하면 되는 일이었다.

그 와중에 아이들 둘은 잘 키워 내야 했다. 내가 살아가는 의미이고 이유였다 해도 오롯이 나 혼자만의 몫이었다. 한 번의

　　　　　　　　　　　　결혼을 쉽게 선택했다

의논도 없었고 할 수도 없었다. 그 사람은 분양받은 사실만 좋아했고 나머지는 내가 알아서 해결하라였다.

한번은 은행 대출을 조금 받아 달랬더니 짜증을 내면서 본인은 대출 같은 거 안 받는단다. 당시 나 몰래 빚을 갚고 있었는지도 모르겠다. 어쨌든 친정 식구들의 도움을 많이 받았다. "절대 보증은 안 된다."가 신념이셨던 친정아버지가 집을 담보로 보증을 서 주셨고, 같이 살았던 사촌 언니가 여기저기서 돈을 융통해 주며 도움을 많이 받았다.

아이 아빠는 이 와중에 승진 시험 준비를 해야 했는데, 아이들 때문에 시끄러워 공부가 안 된다며 월급의 반을 가지고 하숙집에 나가 살았다. 월급이 반으로 줄어들자 경제적으로 더욱 힘들어지면서 화장실도 없는 아주 낡은 옛날 집의 문간방으로 이사를 갔다. 다시 연탄을 갈아야 했고 비가 오면 천장에서 물이 쏟아졌다. 아이들은 신문지에 변을 보아야 했고, 나 역시 옛날 재래식 화장실을 다시 경험해야 했다.

아이들 둘은 리어카나 노점에서 파는 옷을 사서 입혔다. 그래도 너무 이뻤다. 그리고 둘은 너무 잘 놀았다. 보자기를 어깨에 둘러메고 칼싸움을 하면서 깔깔깔 웃었고 몇 개 없는 장난감으로도 너무 재밌어했으며 서로 끊임없이 신기한 놀이를 만들어 냈다. 방 한편에는 항상 밥상을 펴 주고 그 위에 스케치북과 크레파스, 천자문(한문은 공부해야 한다고 생각했다.), 동화책 등을 놓아두었다. 놀다가 심심하면 책을 보면서 또 깔깔대고. 그

림을 그리면서 또 깔깔대고. 비록 방은 한 칸이었지만 엄마와 아이들끼리의 사랑은 꽉 차 있었다.

작은아이는 엄마와 형만 있으면 세상 행복했다. 큰 녀석은 한 살 차이인데도 정말 어른스럽게 동생을 돌보고 사랑했다. 단 한 번도 싸운 적이 없었다. 항상 양보하고, 돌보고, 챙겼다. 대부분 그러하듯 둘의 성격은 완전 극과 극이다. 차분하고 어른스러운 큰아들과 대비되는 작은아들은 뜻대로 안 되면 길을 가다가도 땅바닥을 뒹굴며 떼를 써 댔었다. 그리고 동네 꼬마들 골목대장 노릇을 하면서 진을 빼어 죄송하다는 말을 입에 달고 다녀야 했다. 당시에는 요즘처럼 육아를 어떻게 해야 하는지 등 유익한 정보가 공유되지 않았던 때라 혼자 책을 찾아보며 어떻게 키워야 할지 고민했다. 난감한 경우가 많았지만 남동생 셋을 돌본 경험과 대범한 성격 탓인지는 몰라도 그나마 수월하게 대응하며 키웠던 것 같다.

유치원에 가는 5살 때까지는 생활의 기본 규범이나 예의가 잡혀 있어야 한다고 생각했기 때문에 잘못된 것은 어릴 때도 호되게 야단을 쳤다. 항상 일관되려 노력했다.

또 집중력과 체력이 가장 중요하다고 생각해서 무조건 잘 먹였다. 그리고 4살이 되면서는 거의 매일 천 원짜리 조립장난감을 하나씩 주며 조립을 시켰다. 손으로 하는 작업이 집중에 좋기도 하고 스스로 설명서를 보면서 조립을 해야 하니 아이들의 집중력을 키우는 데 도움이 될 거라고 생각했다. 실제로 조립을

결혼을 쉽게 선택했다

마칠 때까지 두 녀석은 항상 집중했다.

의논도 하지 못하고 혼자 모든 것을 감당하고 결정해야 하는 것 중에서 아이들 문제가 가장 어려웠다. 나의 결정 하나하나가 아이들 미래를 좌지우지한다는 것을 알기 때문이었다.

딱 한 번 아이들 아빠가 이런 얘기를 한 적이 있다. "네가 나이도 어리고 순해 보여서 처음엔 못 미더운 것도 있었는데, 가만히 보니까 모든 것을 너무 잘해 나가서 안심하고 모든 걸 그냥 맡겼다."라는 말을 했었다. 당시에는 핑계처럼 들렸지만 오히려 아이들 아빠가 교육에 관여하지 않았던 것이 나중에는 다행이다 싶기도 했다.

내 인생 중 35년은 녀석들이 내 신념이자 삶이었다. 나 자신은 단 하루도 없었던 것 같다. 아니 없었다.

그렇게 힘들고 외롭게 정신없이 세월이 갔고, 마침내 경기도 아파트 등기를 마치고 전세를 주었다. 빚도 정리가 되었다.

1년 후 아이들 아빠가 지방으로 승진 발령이 났다. 지방으로 내려와서는 지하방을 벗어나 아파트에 살게 되었다. 한 3~4년 정도 돈을 모아 서울로 올라올 계획을 가졌다. 결혼 9년째였다.

1월생인 큰아이는 초등학교 2학년이었고, 7살 작은아이는 유치원에 들어갔다. 지방 발령 후 몇 번 내려와 좋은 학교를 찾았고, 그 근처에 괜찮은 아파트로 이사하였다. 이젠 한숨 좀 놓고 여유가 있으려니 했다.

하지만 잘못된 길로 접어든 것은 끝이 없었다. 지금까지의 힘듦과 외로움은 사치스럽다는 말이 될 정도로, 더 힘든 길로 접어들게 되었다.

사람은 살아가면서 수많은 인연들을 만나며 스친다. 그중에서 남남인 사람들이 오랜 시간을 함께하며 자식을 얻고 살아간다는 것은 얼마나 대단한 인연일까. 그러나 그 인연은 내 인생의 길을 자갈밭으로 이어지게 하는 악연이었다. 오히려 가끔 스쳐 지나가는 인연이 나를 죽음으로부터 구해 주는 진짜 인연이었다.

어쩌면 작은 인연이, 행운의 숙명일 수 있음에, 소중히 해야 한다.

지방에 내려와서는 두 아이들에게 넉넉함과 풍족함을 누리게 하고 싶었다. 초등학생이기도 했고, 그동안 한 칸짜리 지하방에서 장난감도 제대로 사 주지 못했었다. 그런 미안함과 함께 마음껏 누릴 수 있을 때 누려 보는 것도 좋겠구나 싶었다. 큰아들이 초등학교 졸업 전 서울로 올라갈 계획을 세우면서 나름대로 준비를 하고 있었다.

지방에서 아이 아빠의 회사 생활은 자만심과 오만에 가득 차 있었다. 직책상 많은 접대를 받는 자리였다. 술 접대 말고도 요즘 많은 문제가 되는 또 다른 접대를 많이 받는다는 소리를 우연히 듣게 되었다. 나로서는 아무리 감정이 없는 사이라도 부부

간의 기본 개념을 넘어선다고 생각하여 용납할 수 없었고 말도 안 되는 행동이라고 따져 물었다.

그의 대답은 단순 명료했다. "직장 생활 중의 하나야. 남자들은 다 그런 거야."라 하며 오히려 큰소리로 짜증을 내었다. 늘 이런 식이었다. 잘못된 것을 얘기하고자 하면, 오히려 본인이 더 큰소리를 치며 그 잘못을 내게 돌렸다.

결혼 후에는 상대방이 잘못된 사람이고, 잘못을 계속하면서도 본인의 잘못을 전혀 인지 못 하면 처음에는 화가 나고 기가 막힌다. 하지만 그게 계속 반복되면 얘기조차 하지 않게 되고, 할 말을 잃게 되고, 결국엔 나 자신을 자책하게 된다. "내가 어떻게 하다가 이렇게 되었을까? 왜?!" 스스로의 자존감도 점차 낮아진다. 무엇보다 툭하면 본인은 얼마나 형편없는 사람임을 전혀 모른 채, 오만함을 바탕으로 내게 비하하는 말을 서슴없이 함부로 했다. 하지만 나는 똑같이 대응하지 못했다. 함부로 말을 해야 하는데 그런 말들은 답답하게도 내 입에서 나오지가 않았다.

나는 이때만큼이라도 아이들한테 사치스러울 만큼 원 없이 좋은 옷을 입히고, 잘 먹이고, 기를 살려 주었다. 아이들에게만큼은 사랑을 듬뿍 주며 집중하였다. 지나고 나서 보니 정말 다행이었다. 이때마저 그러지 않았다면 아이들에게 단 한 번이라도 제대로 못 해 줬다는 사실이 나의 한으로 크게 남았을 것이다.

2장

결혼
20년

상상조차 못 한 추락과 나락 속으로

그렇게 3년 뒤에 국가적인 대위기 IMF가 옴으로써 나의 모든 계획과 희망은 망가지고 무너져 버렸다. 대대적인 회사원들의 해고가 시작되었다. 대기업인 남편 회사도 마찬가지였고, 당시 해고되었던 직원들은 상대적으로 월급을 많이 타는 중간 간부급들이 많았다.

모두 중산층으로 자리 잡고 있던 사람들이었다. '대량 해고'라는 개념은 IMF 이전에는 단 한 번 생각조차 못 했었다. 막무가내로 맞아 버린 나락 같은 것이었다.

상황이라는 건 내가 만들지 못하는 것들이 많다. 그 당시에 그 상황에 속해 있었을 뿐이다.

남편이 가장으로서 책임감이 있었거나 세상 물정을 조금이라도 알았다면, 다른 간부들에 비해 나이가 어려 대량 해고의 늪을 요령껏 피할 수 있는 상황이었다. 하지만 지레 겁을 먹고 날이면 날마다 내게 전화를 했다. "어떡하지? 벌써 서류 올라갔다는데…, 어떡하냐고?!"라며 화를 냈다.

내가 회사 사정을 어떻게 알겠는가. 나도 불안함에 미치겠는데. 도대체 본인이 한 가정의 가장임을 평생 모르고 사는 사람이었다. 조금만 어렵거나 힘든 일이 생기면 항상 회피하던 사람이었다. 알아서 하라고 했더니 곧 그만두었다. 어찌나 황당하던지.

난 정말로 어떻게 해야 할지 몰라서 망연자실했다. 아이들은 이제 초등학교 2학년, 4학년이었다. 남편은 2년 치 연봉으로 준 퇴직금으로 평생을 살 것처럼 얘기했다. 그리곤 천만 원을 달라고 해서 줬더니 6개월 만에 다 써 버리고 아무것도 하지 않았다. 늘 그렇듯이 네가 그만두라고 말했으니까 네가 알아서 하라는 듯이 말이다.

큰돈을 갖고 있으면 전부 써 버릴 것 같아 가격이 많이 떨어진 아파트를 한 채 더 장만하였다. 나 역시 남편의 나이가 40대 중반이니 곧 다른 회사로 취직이 될 줄 알았고, 수입이 없어도 희망의 끈을 계속 부여잡았다. 남편의 수입이 없다 보니 2배로 늘어난 생활비를 감당해야 했다. 금방 다시 회복될 줄만 알았다. 혼자 속을 끓이며 밑돌을 빼어 윗돌을 막듯이 생활을 꾸려 나갔다. 아이들에게도 그대로 해 줬다. 지금 생각해 보면 무리였다.

그렇게 1년, 2년, 3년이 지났다. 생활비가 빚으로 넘어가기 시작했다. 빚은 눈덩이로 불어나고 있었지만 인지하지 못하고 있었다. 남편은 여전히 천하태평이었다. 아침이면 차를 몰고 어디로 가는지 모르게 매일 나갔다가 저녁이면 들어왔다. 물론 생활비는 단 한 푼도 없었고, 내게 어떠냐는 물음도 한 번 없었다. 회사에 취직을 해도 금방 그만두었다. 일주일 만에 그만둔 적도 있었다. 자기를 뭐로 보고 작은 책상을 준다는 등 구석 자리에 앉힌다는 등의 이유로 어렵게 들어간 회사들을 나와 버렸다.

결국 힘들게 마련했던 경기도 아파트를 처분해야 했다. 심장이 잘려 나가는 것 같았다. 바로 앞에 종합병원이 생기면서 전망이 좋아 버텨 보려고 했지만 방법이 없었다. 정리할 것들을 정리하고 난 뒤 생각보다 돈이 적게 남았다. 이유를 몰랐다. 조급함에 생각이 없어진 느낌이었다.

실직 4년이 넘어가면서 더 큰 위기감이 다가오기 시작했지만, 살고 있는 아파트만은 지키고 싶었다. 빚을 카드 현금서비스로 돌려막다가 아파트 담보대출까지 받아야 했다. 당시 주담대 이율은 12% 수준이었다.

5년이 넘어가면서 빚은 빚대로 이어 나가면서 생활은 생활대로 해야 했다. 가장의 수입이 일체 없어지면서 생활을 해 나가는 것은 결국 빚으로 산다는 것이다.

처음에는 굴러가고 있으니 빚에 대한 개념이 제대로 인지되지 않았다. 그리고 월급쟁이들은 한 달 먹고살기에 맞게 돈이 들어온다. 아니, 월급에 맞게 생활하다 보니 아이들이 크는 시기에 맞게 월급도 때맞춰 같이 올라 준다. 경제가 어렵다 해도 본인과는 크게 상관없기 때문에 퇴직하면 월급이 사라진다는 생각을 하기 어렵다. 또 장기적인 계획을 세우기도 어렵다.

결혼을 쉽게 선택했다

월급은 사람을 중독시킨다. 본인이 잘나서 별 탈 없이 사는 것으로 착각하게 되면서 뇌도 마비가 된다. 적금이라도 들었다가 타게 되면 꼭 쓸 일이 생긴다. 그래도 별걱정은 없다. 돈은 한 달 후에 들어오니까…. 나는 남편의 월급을 9년밖에 못 받았다. 그런데도 그 돈이 들어오지 않는다는 것을 정확하게 인지하기까지 3년은 걸린 것 같다. 중독은 벗어나기 힘들다.

5년이 넘어가면서 중독에서 깨어나야 했다. 희망의 끈을 부여잡지 말고, 집을 팔고 부채를 잘라 내야 했었다. 그러나 그렇게 하지 못했다. 누군들 바로 그렇게 할 수 있겠는가? 집이라는 건 우리 시대에 생명 줄 같은 것이었다. 그래서 부여잡고 있었다.

집은 집일 뿐이다. 어디에 살던 내가 살면 그게 바로 내 집인 것인데 말이다. 당시에는 그런 것들이 보이지 않았고, 계속 희망의 끈을 놓지 않으면서 괜찮을 거라며 스스로를 세뇌시켰다. 지금 집에서 아이들을 중학교까지 졸업시키고 싶었다.

하지만 카드값이 점점 밀리게 되자 카드사들의 무서운 협박과 독촉 전화에 시달리게 되었다. 주담대 이자도 밀리게 되자 더 이상 안 되겠다는 생각이 들었다. 당시에 주변의 아파트 주민들이 주담대 이자를 내지 못해 경매로 넘어가서 빈손으로 쫓겨나는 경우가 있었다. 이런 경우 가족이 뿔뿔이 흩어졌었는데 내 눈으로 한두 집을 봐 왔던지라 결국 집을 처분해야겠다는 생각이 들었다.

빚이라는 것 큰 굴레이다. 조용히, 하지만 폭풍처럼 다가온다. 설마…라는 건 있다. 최악이라는 것도 있다. 최악이라는 건 끝이 없는 것이다. 추락하기 시작하니 그 속도는 몇 배 속도로 나의 희망, 바람이 마구 짓밟혔다. 정신을 못 차릴 정도였다. 주변의 그 누구도 도와주지 않았다. 이미 망해 가고 있는 사람에게 누가 손을 뻗어 주겠나. 단순히 안부 전화를 했지만 상대방이 경계의 목소리로 받을 때, 그리고 나를 피하고 있다는 느낌을 받았을 때의 그 모멸감은 아직도 잊지 못한다.

단 하나, 제일 친한 친구에게 피해를 준 것이 지금까지도 너무 미안해서 미안하다는 말을 못 할 정도로 미안하고 또 미안하다.

결국 어쩔 수 없이 아파트를 정리해야만 했다. 그렇게 하지 않으면 집이 은행에 넘어갈 지경이었다. 대충 계산해서 작은 다가구 집을 전세로 계약해 놓았고, 남는 돈으로 정리할 것을 정리하려 했는데 이사 날 관리비를 못 내 이사를 못 할 정도로 돈이 없었다. 결국 남는 돈이 부족해 전세로 계약했던 집을 월세로 전환해야 했다.

집은 내가 팔고 난 뒤부터 오르기 시작했다. 좋지 않은 상황은 계속 같은 상황을 만들어 낸다. 그 집을 매입한 사람이 관리비를 내주어 이사를 할 수가 있었다. 38평의 아파트에서 방 두 개의 작은 집으로 이사를 하니 장롱부터 소파, 식탁 등 많은 살림살이들이 여기저기 다른 곳으로 실려 가는 것을 보면서 다리가 후들거리고 참담하면서 비참했다.

그 상황에서 남편은 오히려 대출을 받았다며 온갖 화를 내며 나를 몰아세웠다. "쓰레기 같은 인간"이라며 모든 걸 내 잘못으로 돌리면서 내 탓을 해 댔지만 이사하는 날은 나타나지도 않았다.

한 가족의 가장이면서 건강하고 젊은 나이에 7년 가까이 무위도식했다. 아이들도 어린 상황에 아무런 일도 하지 않았다. 그리고 생활비 한 푼 가져다주지 않은 자기 자신이란 존재 자체를 인지하고는 있었는지 도대체 너무 뻔뻔하다는 말이 부족했다.

이건 시작에 불과했다. IMF 기간 동안 사기꾼들이 득세를 하며 바지 사장이라는 게 유행했다. 당시 취직이 안 되는 가장들이 많아 정부에서 벤처기업에 대한 국가 지원금을 많이 지원할 때였다. 남편같이 커리어와 신용도가 좋은 사람을 사장으로 자리를 준 다음, 그 사람 앞으로 대출을 받게 한 후 그 돈을 챙겨 회사를 폐업시키는 바지 사장 사기가 유행했다. 그럼 사장으로 취업한 사람에게 빚이 전부 넘어가 있는 것이었다.

남편은 어디서 알아 왔는지 그런 곳에 취업을 했다. 사장으로 취업했다며 거들먹거리며 열심히 대출을 받는 데 앞장서고 다녔다. 나는 본인 회사도 아닌데 그렇게 대출을 받아 주면 어떡하냐고 말했고 혹시 모르니까 대출받아 주는 금액의 10%라도 받으라고 했다. 돌아오는 대답은 오히려 나더러 도둑 심보라며 화를 냈다.

그 와중에 나도 모르게 친정아버지를 은행으로 불러내어 보증인으로 세워 대출을 받았었고, 바로 밑 동생에게는 주식이 상장될 거라면서 꽤 큰 금액의 주식을 팔았다. 동생은 그 주식을 회사 직원들에게 넘겼고 큰 곤욕을 치르며 그 돈을 대신 갚아야 했다. 동생과 아버지는 나를 생각해서 10년 넘게 말하지 않았다. 나중에 엄마가 알고서는 난리를 치며 끊임없이 나를 몰아세웠다.

남편은 몇 달 만에 회사 빚을 10억 넘게 떠안았다. 회사는 문을 닫았고 남편은 신용불량자가 되었다. 내가 카드 빚을 제대로 안 갚아 이렇게 되었다며, 회사 빚을 떠안은 것도 내 탓이라고 했다. 내 탓이란다! 나 참!

내가 일을 시작하면 이 사람은 평생 눌러앉을 것 같았다. 작은아이가 아직 어려 집에서 아이를 좀 더 돌봐야 한다는 생각이 들기도 했지만 생활비가 없었다. 그리고 아이들 교육 걱정이 많이 돼서 스스로 갈피를 못 잡고 있었다. 그러자 어느 날 남편이 말했다. "너, 일 안 하냐? 가정부라도 하지 그러냐?" 이게 인간인가 싶었다. 이젠 나에게 생계까지 책임지란다.

세상을 살아가면서 가장 기초적인 공중도덕을 지키지 않거나, 자기 잘못과 미안한 것, 그리고 고마운 것도 모르는 사람을 만난다면 손절해야 한다. 알면서도 관계를 유지하며 지낼 필요가 없다고 생각한다.

나는 그렇게 하지 못했다. 33년을 버텨 왔지만, 결과는 온몸에 염증이 생기는 희귀병이었다. 정신을 차리고 살아온 나 자신이 신기할 따름이다. 아이들 때문에 기를 쓰고 악을 쓰며 버텨내었다고 한들 몸뿐만 아니라 정신도 병이 들지 않았겠나.

가끔씩 가슴 중앙에 한겨울의 얼음 조각 같은 차가움이 뚫고 지나가는 듯한 느낌을 받을 때면 스스로 깜짝 놀랐다. 가슴 한가운데가 뻥 뚫린 것 같았다. 뇌 역시 멍하니 뻥 뚫린 것 같을 때가 있었는데 두통약을 찾고 있는 나 자신을 발견할 때면 소름이 끼쳤다. 심장도 아프다가 멎었다.

그래도 살아지는 게 인생이다.

결국 나는 생활비를 벌기 위해 세상 밖으로 나오게 되었다. 남편의 월급에 보조적으로 돈을 버는 게 아니라 온전히 내가 생계를 책임져야 했다. 큰아들은 고등학교를 입학했고, 작은아들은 중2였다. 아이들한테 가장 중요한 시기였고 돈도 계속 필요한 때였다. 당시에는 요즘처럼 중·고교가 무상교육이 아니었기에 등록금, 급식비, 야간자율학습비, 책값 등을 모두 직접 부담해야 했다.

10년 이상 주부로만 살다가 밖으로 나오면 대부분 할 일이 정해져 있다. 처음에는 사람들과 부딪히기 싫어 혼자 할 수 있는 일을 찾았다. 제일 처음에는 전단지 돌리는 일을 했다. 하루 종일 걷고, 계단을 오르내려야 했었다. 나의 무릎이 안 좋다는 걸 이때 알았다. 허벅지나 종아리가 아프면 괜찮지만 무릎이 아프면 일을 할 수 없다며 사장님이 그만둘 것을 권유했다. 사흘째 되는 날, 무릎이 너무 아파 결국 못 하게 되었다.

두 번째로 카드를 모집하는 일을 했었다. 하루 종일 걸어 다니며 아무 곳으로 들어가 서류를 내밀고 카드를 만들어 달라고 하는 것이 쉽지 않았다. 결국 동생과 친구가 도와줘 한 달을 버티다가 그만두었다.

세 번째는 아는 분의 권유로 부동산 분양을 하는 곳에서 일했다가 1건도 성사시키지 못했다. 두 달을 버티다 돈도 못 벌고 그만두게 되었다. 당시 여름이 다가와서 고등학교에 입학한 큰아들이 교복을 하복으로 갈아입었어야 했는데, 하복 살 돈이 없어 동복을 계속 입고 다녔었다. 애간장이 끊어지는 아픔이었다.

이후로도 아이들에게 이런 어려움들이 생길 때마다 아무 생각도 없고 아무것도 모르면서 유유자적했던 남편을 원망하다가 아예 포기하였다. 결국 이렇게는 안 되겠다 싶어 월급을 받을 수 있는 곳을 찾기 시작했다. 하지만 어디서 어떻게 찾아야 하는지 몰라 난감했다. 그전에는 관심조차 없었던 교차로라는 일자리 신문지를 뒤지기 시작했다.

막상 전화해서 가 보면 이상한 사무실이 많아 되돌아온 적이 많았다. 대부분 식당과 관련된 일이 많았는데 면접을 보면 계

결혼을 쉽게 선택했다

속 떨어졌다. 이상했다. 내가 그렇게 나쁜 인상을 가진 것도 아닌데 왜 안 되는지 의아스러웠다. 그러던 중 어떤 식당 사장님에게 물어보니, 서빙하는 분이 키가 그렇게 크면 손님들이 올려봐야 해서 불편(당시에는 좌식 식당이 많았다.)하고 곱게 보여힘든 일은 금방 그만둘 것 같다고 했다. 그랬다. 내가 모르는 세상이 많다는 생각이 들었다. 아무런 생각 없이 밥을 먹던 식당에서도 일하는 사람들만의 규칙이 있었다.

다행히 집 근처 식당에서 '아줌마 구함'이라는 종이가 붙어 있어 그곳으로 찾아갔다. 주방, 반찬, 서빙 등 모든 것을 해야 하는 곳이었지만 일을 시작했다. 무릎은 앉고 서기가 힘들기 시작했지만, 병원을 갈 엄두는 낼 수 없었다. 월급은 60만 원이었는데 처음에는 이 정도면 괜찮다고 생각했지만 막상 받아 보니 공과금을 제외하면 아이들 책값도 모자랐다.

또다시 다른 일자리를 찾다가 옷 가게에서 새로 일하게 되었다. 아침 10시부터 저녁 10시까지 12시간을 일하는 곳이었고 월급은 80만 원이었다. 쉽지 않았다. 오후가 되면 다리가 퉁퉁붓기 시작했고, 저녁 시간이면 옷의 먼지나 건조함으로 인해 눈이 따가워졌다. 두통도 심해졌다.

무엇보다 나 자신은 이제 누구를 모시는 종업원이 되어 있었다. 그것은 아프다고 쉬면 안 되고, 힘들다고 인상을 찌푸려서도 안 되며, 나이가 어린 사람에게도 굽신거려야 했다. 일주일에 하루 쉬는 날이면 누워서 끙끙 앓았다. 그러던 중 옆 가게 사장님이 일하는 시간에 비해 월급이 적다며 대형마트를 알아보라고 가르쳐 주셨다. 하지만 대형마트에 어떻게 들어가야 하는지를 몰라서 쉬는 날이면 아픈 몸을 이끌고 마트를 찾아다니며 일자리를 물어봤다. 나는 점점 절박해졌고, 살기 위해 뻔뻔해져야만 했다.

계속되는 일과 나빠지는 나의 몸

운 좋게 지금은 없어진 대형마트의 정육 코너로 일터를 옮겼다. 월급은 조금 올라서 백만 원 정도가 되었다. 당시 계약직으로는 높은 수준이었다. 하지만 아침저녁으로 젊은 과장에게 매번 야단을 맞았고, 내 일을 열심히 한 것뿐이었는데 일부 직원들이 뒤에서 수군대며 말도 안 되는 소문을 냈다. 잘 어울리지 못해서 왕따를 당하기도 했다.

무엇보다 12시간 근무였지만 30분 전까지 출근해야 했고 마감까지 하다 보면 30분 더 늦게 퇴근하는 경우가 다반사였다. 출퇴근 시간까지 합치면 하루 14시간 정도 일을 하는 셈이었다. 퇴근 후 집까지 걸어오는 30분이 너무 힘들었다. 금방이라도 쓰러질 것 같은 나날이 반복되었다.

나는 내 몸에 이상이 생겼고 점점 나빠져 가고 있음을 느끼고 있었지만 그냥 참는 것 외에는 아무것도 할 수 없었다. 퇴근하고 집에 들어가면 밤 11시가 넘는 시간이었다. 들어가자마자 그대로 거실에 쓰러져 끙끙거렸다. 아침이면 일어나 기어서 갈 정도로 힘든 몸을 이끌고 일터로 향했다. 아이들도 신경 쓸

겨를이 없었다. 막연하게 아이들이 '알아서 잘하고 있겠지'라는 생각만 하고 있었다. 아이 아빠는 사업을 한다면서 분주했는데, 묻고 싶지도 않았다.

치열하게 힘들게 살았던 이때부터 17년간의 삶은 내 인생에서 송두리째 지워 버리고 싶다.

아이 아빠는 마트 일을 끝낸 늦은 밤에 충분히 차를 타고 와서 나를 데리러 갈 수 있었다. 하지만 내가 가장 역할을 하는데도 오지 않았다. 특히 비가 오거나 추운 겨울에는 입에서 욕이 나올 정도로 힘들었다. 퉁퉁 부은 몸을 이끌고 전신에 힘이 빠진 채 집에 도착하면 남편은 TV 리모컨을 쥐고 누워서 졸고 있었다. 그 모습을 바라볼 때면, '나의 팔자는 대체 뭘까.'라고 생각하곤 했었다.

이렇게 힘들게 일한 지 3년이 지났다. 작은아이가 고등학교에 진학하여 두 아들은 고1, 고3이었다. 어느 날 일주일에 한 번 휴일인 날이었는데, 아이들 책상을 뒤져 보다가 성적표를 발견했다. 항상 3등 안에 들었던 작은아들의 성적은 한참 떨어져 있었고, 큰 녀석은 수시로 결석을 하고 있었다. 일주일 이상 한 적도 있었다. 성적도 많이 떨어져 있었다.

뒤에서 망치를 얻어맞은 듯 머리가 멍했다. 어떻게 표현이 안 되는 심정이었다. 그렇게 아픈 몸을 이끌고 버티고 견뎠는데…. 오로지 두 아이는 내 인생의 신념이나 다름없었다. 책임감 또는 의무감, 그런 것을 넘어선 내 삶 그 자체였다. 그래야

결혼을 쉽게 선택했다

버틸 수 있었다.

이때 아마 내 인생 처음으로 다리를 뻗고 앉아 엉엉 울었다.

결혼은 행복한 것인 줄 알았다. 그리고 결혼을 하면 외롭지 않고 사랑받으면서, 또 예쁜 아이들을 잘 키우면서 내 인생은 잘 풀려 갈 줄 알았다. 그런데 이게 뭔가?! 이렇게까지 될 수 있다는 건 상상조차 하지 못했다.

남편 같은 형편없고 소시오패스 같은 사람이 이 세상에 존재한다는 것조차 몰랐다.

그리고 온몸의 관절이 잘려 나가는 통증을 매일 겪으면서도 병원에 못 가는 지금의 내 상황, 그럼에도 견딜 수 있는 건 아이들 때문이었는데…. 집에 있으면서도 아이들조차 방치하며 관심을 두지 않는 아이 아빠란 사람, 한심하기 짝이 없는 내 인생과 어리석기 그지없었던 내 청춘의 결정, 막막하기만 한 앞으로의 길, 이 깜깜하고 앞이 보이지 않는 긴 터널이 언제 끝날지 모른다는 생각에 어디론가 사라지고 싶을 정도였다. '정말 어떻게 해야 하는가?! 나보고 어떡하라고….'

26살부터 44살까지 겪은 수많은 일들은 대부분 생각하지도 못한 처음 겪은 것들이었다. 그걸 견뎌 내며 버텨야 했지만 과정이 너무 힘들고 고됐다. 그런데 앞으로 10년이 될지, 그 이상이 될지도 모르는 파도들과 자갈밭 같은 인생을 살아야 할 수도 있다는 생각을 하니 미칠 것 같았다.

아이들을 어떻게 해야 하나 하는 생각을 하면서 한참을 울었다. 그리곤 법원으로 가서 이혼 신청서를 가져왔다. 아이들이 내 양어깨의 짐이라면, 이 인간은 내 머리 위에 앉아서 짓누르고 있는 바윗덩이였다. 그것이라도 내려놔야겠다 싶었다.

저녁에 아이들이 둘 다 집으로 들어올 때까지 기다렸다가 둘을 앉혀 놓고 얘기를 했다. "엄마가 정말 많이 아프다. 혼자 나가 버리고 싶을 때도 있다. 하지만 그럴 수 없다. 엄마니까. 엄마라서. 그 이유로 책임감을 다하기 위해 죽을힘을 다하고 있다. 너희들도 자신을 위해 최선을 다해야 한다. 지금처럼 이렇게 살 것이냐? 그리고 저 사람(아빠)처럼 살 거냐? 잘 생각해 봐라. 지금 엄마는 최선을 다하지만 학원이나 과외는 시켜 주질 못한다. 그래도 너희는 할 수 있다. 그렇게 키웠고, 잘해 왔던 내 아이들이니까." 대충 이렇게 얘기했던 것 같다.

매일 집에서 반갑게 맞아 주던 엄마가 사라지고 밤늦게 들어와 쓰러지듯 누워 잠만 자는 엄마만 남아 있었다. 그리고 아침이면 빵과 우유를 두고 간신히 눈을 뜨면서 학교 잘 갔다 오라는 엄마를 보며, 작은아들은 갑작스러운 상황 변화에 어리둥절했다. 그래서인지 하교 후 혼자 집에서 라면을 끓여 먹고 매일같이 pc방에 출근 도장을 찍고 있었다.

큰아들은 이런 상황을 알았지만 아빠에 대한 반감과 미움이 가득 차 집에 들어오기 싫었다고 했다. 친구 집을 전전하며 가출까지 생각했지만, 엄마 생각에 차마 그렇게까지는 못 했다고 말했다. 그리곤 성적이 너무 떨어져서 대학 진학은 어렵지 않겠냐고 했다.

나는 너희들은 무슨 수를 써서라도 대학에 보내겠다고 다짐하면서 엄마가 최소한으로 무엇을 해 주면 되겠냐고 물었더니, 똑똑한 작은아들이 독서실만 끊어 달라고 했다. 그럼 혼자서 할 수 있겠냐고 물었더니, 혼자 해 보겠다고 했다. 큰아들도 동의했다. 그렇게 셋이 손을 잡고 각자 최선을 다하자고 아이들을 다잡았다. 아이들을 방으로 들여보낸 뒤 안방에서 자고 있는 사람이 생각났다.

사람이 사람을 죽이고 싶다는 마음이 어떤 마음인지 이해가 되었다. 정말 미친 듯이 화가 나서 정신없이 손에 잡히는 것을 들고 아이들 아빠가 자고 있는 방으로 들어갔다. 방문 앞에서 엿듣고 있었는지 후다닥 침대로 들어가는 것 같았다. 침대 옆에 섰다. 아무런 생각이 들지 않았다. 나는 앞에 놓여 있던 베개를 마구 두드렸다. 아니, 찔렀다. 가위였던 것 같다. 내 마음을 갈기갈기 찢는 마음으로…, 더 이상 내게 희망이 없다는 걸 확인하면서….

다행히 두 녀석은 독서실을 다니며 안정을 찾고 열심히, 정말 열심히 공부했다. 작은아들은 6개월이 지나자 성적이 빠르게 올라가며 본인의 수준을 되찾기 시작했고, 큰아들도 고3이었지만 동생과 함께 남은 기간 동안 죽을힘을 다했다.

이때 가난이 대물림된다는 게 어떤 것인지 이해가 되었다. 중산층은 보통 자녀들의 중·고교 등록금이 회사에서 나오는 경우가 많다. 그러나 어려운 사람일수록 본인들이 등록금을 내야 하는 경우가 대부분이었다. 당시 고교 등록금이 분기별로 약 50만 원이었고, 12시간 일해서 받는 돈이 백만 원 남짓이면 생활비도 빡빡했다. 어려울수록 월세를 사는 사람이 많으니 더욱 힘든 것이다. 자녀가 2명이니 등록금만 100만 원씩이다. 거기다 매달 급식비 등 기타 학교에 납부해야 하는 돈도 계속 생긴다.

일단 고3인 큰아들 등록금을 먼저 내고, 다음 달에 작은아들 등록금을 내야 했다. 기한이 조금 늦으면 작은아들의 담임선생님으로부터 시도 때도 없이 독촉 전화가 왔었다. 일하는 매장에서는 전화를 받으면 안 됐는데 얼마나 자주 독촉 전화를 하던지…. 솔직히 그분도 사정이 있었겠지만 선생님이 그러시니 너무 기가 막혀 화를 냈었다.

그런데 행여 아이한테 뭐라고 하면, 그 아이는 어떻게 되겠나. 게다가 다른 사교육은 일체 엄두도 낼 수 없으니 결국 거기서 살아남아 위로 올라가는 것은 풍족한 가정의 아이들보다 어려울 수밖에 없다. 훨씬 더 많은 노력을 해야 한다.

일주일 뒤쯤 나는 이혼 서류를 건넸다. 일단 아이들을 데리고 가라고 얘기해 보았다. 끝까지 나에게 책임을 전가했다. 아이들은 같이 책임져야 하니까 혼자 책임질 수 없단다. 그리고 아이들이 다 크면 그때 이혼을 해 주겠단다. 어쩔 수 없는 사람인 것만 재확인했다.

작은아들이 생각났다. 간신히 마음을 잡고 열심히 공부하고 있는데 여기서 이혼하게 되면 그 녀석 인생은 무너질 것 같았다. 똑똑한데 자존심이 세서 학교 친구들이 이혼 가정이라는 것을 알면 질색할 것이고 다신 돌아올 수 없을 것 같았다. (이때만 해도 지금보다 이혼 가정에 대한 사회적인 인식이 훨씬 보수적이었다.) 그것만은 안 되겠다 싶어 결국 이혼 생각을 접었다. 머리 위의 바윗덩이를 얹고 살아가야지 어쩌랴! 아이 인생이 걸린 일이니까. 나는 엄마니까.

점차 심해지는 아픔과 고통, 절망의 뒤섞임

마트 일은 계속되었다. 정육 코너 일은 가장 힘든 곳이었다. 그래서 자리가 쉽게 난 것이었다. 3개월 이상 다니는 사람이 드물었던 것이다. 지금은 어떤지 모르겠지만, 아침 일찍 고기 박스 40㎏ 정도가 부위별로 도착하면 매장 위로 들어 올려 전부 손질해야 했다. 돼지고기 목살은 실제로 엄청 크다. 기름기를 다 제거하고 1㎝ 두께로 잘라야 하는데 생고기라 힘의 균형이 끝까지 균일해야 했다.

하지만 나는 관절이 아프고 힘도 없어 중간에 종종 칼이 휘어졌다. 그래서 팀장이라는 어린 남자에게 늘 혼이 났다. 본인이 썰면 될 텐데. 뺀질뺀질 본인 일은 제대로 안 하면서 나만 시켰다. 무엇보다 갈매기살은 정말 힘들었다. 대부분 사람들은 살만 있는 걸로 아는데, 실제로는 살 위에 얇은 막이 씌워져 있다. 그래서 그 막을 벗겨 내야 한다. 그리고 이런 막이 살 부위에도 박혀 있어 깨끗하게 벗겨 내려면 매일 진땀이 났다. 가끔 갈매기살을 먹을 때면, 손질하기 얼마나 힘들었을까 하고 얼굴도 모르는 사람에게 안쓰러운 생각이 든다.

모든 일이 칼질에 관절을 쓰는 일이었고, 판매도 해야 했다.

10시간 이상 서 있으면서 쉴 새 없이 일을 해야 했다. 밥으로 먹을 두 끼는 도시락을 싸야 했다. 하지만 저녁 11시가 넘어 집에 들어오면 쓰러져 자는 게 일상이었다. 그러다 보니 세끼를 굶는 경우가 다반사였다.

월급을 탄 후 아이들 급식비, 야간자율학습비, 공과금, 기타 등등을 납부하고 나면 일주일도 안 돼서 간신히 교통비만 남았다. 때로는 교통비조차 없어 걸어오는 때도 많았다. 무엇보다 아이들 아침을 제대로 챙겨 주지 못하고 삼립 빵과 우유만 먹이는 것이 속상했다. 그렇지만 그 이상을 하는 건 정말이지 불가능할 정도로 힘에 부쳤다.

몸은 점점 안 좋아졌다. 관절통과 근육통, 붓기가 점점 심해지는 게 느껴졌고, 아침이면 못 일어나는 날이 많아졌다. 아무리 정신력으로 버티고 있다고 해도 통증이 점점 심해지면서 자주 결근을 하게 되었다. 앞일이 걱정이었다.

큰아들의 수능 점수가 다행히 어느 정도는 나왔으나 원하는 대학을 가기는 무리였다. 나는 혼자 서점에 몇 번이고 가서 대학 지원 점수표 책자를 들고 차가운 바닥에 주저앉아 고민했다. 내가 생각하는 대학 이하로는 도저히 보낼 수가 없었다. 그렇다고 떨어지면 재수시킬 상황은 아니었다.

몇 날 며칠을 일하면서도 계속 큰아이의 대학 지원만 생각했다. 고민을 거듭하다가, 거의 도박을 하는 심정으로 아예 상향 지원하는 것을 큰아이와 의논했다. 큰아이는 엄마가 알아서 하라고 말했지만 어렵지 않을까 걱정했다. 추가 합격 가능성을 노리고 과조차도 아예 제일 좋은 과로 지원했다.

지원 대학은 공부 조금 한다는 아이들의 엄마들이 대부분 원하는 국립대학이었다. IMF 이후라 그런지 국립대학의 입학 성적이 꽤 올라 있었다. 학교 선생님도 불가능하다고 했었다. 본합격에서 떨어진 후 1차 추가 합격, 2차 추가 합격에도 불합격문자가 오자 큰아이는 포기하고 암담해했었다. 나는 더 기다려보자고 했다. 다행히 마지막 3차 추가 합격 때 합격했다는 통보가 왔다. 그렇게 큰아이를 살려 냈다. 국립대학이라 등록금은어떻게 해결할 수 있었다.

12시간씩 마트 일을 하는 것을 몸이 점점 버텨 내질 못했다. 나를 잘 따르던 동생 한 명이 월급은 줄어들지만 6시간 2교대근무하는 곳을 구해 줬다. 집에서는 훨씬 멀어졌지만 일단 다행이다 싶어 그곳으로 옮겼다. 하지만 다시 새로운 사람들과 어울리는 게 쉽지 않았다. 그리고 10시면 버스가 끊겼던 터라 11시퇴근이었던 밤 근무도 문제였다. 집으로 걸어오는 건 1시간 30분 이상 걸렸고 서울과 달리 8시만 넘으면 길거리에 사람이 없었다. 어두컴컴한 저녁에 혼자 늦게 걸어오는 길은 정말 큰일이었다.

아이 아빠는 본인 기분에 따라 데리러 오고 싶으면 오고, 오기 싫으면 전화도 받지 않았다. 비가 많이 오는 어느 날, 마트

주차장에서 비가 그치길 1시간 넘게 기다리다가 새벽에 홀로 걸어온 적도 있었다. 그럴 때면 걸어오는 내내 막막함과 고독감에 숨이 턱턱 막혔다. 집에 도착해서 코를 골며 자고 있는 그 사람의 모습을 보면… 아무런 생각도 어떤 감정도 없는 눈빛으로 바라보곤 했었다.

그리곤 숨이 막혀 잠을 이룰 수가 없었다. 밉다거나 화가 나거나 짜증이 난다는 감정 없이 그냥 숨이 턱 막히는 그런 느낌이었다. 애꿎은 소화제만 사서 먹었다.

관절 통증이 점점 심해져서 옷을 입고 벗기도 힘들어지기 시작했다. 바닥에 한 번 앉으려면 벽을 몇 번씩 짚기를 반복하며 통증을 참고 무릎을 접어 앉아야 했다. 다시 일어서는 것은 더 힘들었다. 일어설 수가 없어 다시 넘어졌다 주저앉기를 몇 번이고 반복하기도 했다. 소파도, 식탁도 없어 집에서는 거의 침대에 누워 지냈다. 뭔가 내 몸에 심각한 문제가 생겼다는 걸 느꼈다. 의료보험료가 밀려 보험 카드가 없었기 때문에 병원을 갈 수 없었다. 그때는 일반 계약 알바직에게 4대 보험 같은 게 없었다.

이렇게 바닥을 치면서 살아가는 사람들이 얼마나 많을까.

가끔 예전의 나 같은 상황에 있는 사람들을 생각해 보면, 인생이라는 게 반드시 앞으로 나아가면서 살아야만 하는 게 맞는 건지 잘 모르겠다는 생각이 든다. 하루하루 살아가는 삶을 사는 게 맞는 건지, 처한 상황에 따라 각자 다르게 느끼며 살아가겠지만… 어쨌든 당시에는 오늘 하루가 살아지면 또 내일이 왔다. 그렇게 또 살아지고… 그렇게 하루하루를 버텼다. 그러다 결국 매장에서 쓰러졌다. 몇 년 동안 일하면서 제대로 먹지도 못하고, 20년 넘게 속을 끓이며 참고만 살다 보니 몸이 정상일 수가 없었다. 매장에서 쓰러진 후 집에서 누워 있을 수밖에 없었다.

새벽이면 온몸이 바늘로 찌르는 듯한 통증으로 손끝 하나 움직일 수 없었다. 낮에도 관절통, 근육통, 두통 등 온갖 통증에 시달렸다. 이 모든 것은 오롯이 혼자 몫이었다. 가족은 있어도 없는 것이나 마찬가지였다. 아이들은 어쩔 수 없는 나이였고, 친정에도 연락을 끊은 지 오래였다. 친정 엄마도 아팠고, 내가 어렵게 되자 수시로 나에게 전화를 걸어 갖은 짜증을 내셨다. 어려운 딸이 속상하기도 하고 짜증도 났었던 것 같다. 모든 친구들과도 연락을 끊은 지도 오래였다. 어렵게 되면 자꾸 안 좋은 소리밖에 더 하겠는가. 듣기 좋은 사람은 없을 것이다. 친정 엄마도 짜증 나고 지겹다는데….

마트에서 알게 된 언니에게 부탁해 보험 카드를 빌려서 병원을 찾아갔다. 요즘에는 안 되는 일이지만, 돈이 없어 병원을 못 가는 사람들이 치료도 못 받고 죽어 가는 건 너무 가혹하지 않은가. 최소한 진통제라도 처방받고 싶은 마음에 병원을 갔다. 관절이 제일 아파서 정형외과를 몇 군데 다녔는데 병명이 나오질 않았고, 진통제를 먹어도 별 효과가 없었다. 가장 독하다는 마약성 진통제까지 처방했는데, 통증은 점점 더 심해져 갔다.

혼자 병원을 다니는 것도 점점 힘들어졌다. 남편은 이런 상황에서도 "왜 일을 안 나가냐."라고 나에게 말했다. 그렇지 않아도 작은아들이 고3이고, 서울로 대학을 보내야 해서 등록금이나 하숙비 등을 준비해야 하는 상황이었다. 고민이 많았는데 움직임조차 자유롭지 못한 나에게 이 말을 몇 번이나 하는 것이었다. 서너 번 나에게 똑같은 말을 반복해서 하길래, 아픈 와중에 차려 준 저녁 밥상을 뒤집어엎어 버렸다. "개새끼, 넌 눈도 없냐. 마음이 없고 귀가 안 들리면 눈으로 보이는 건 있을 거 아니야!!"라고 악을 쓰면서 말했다.

사람이 아픈 건지도 모르는 것이다. 계속 참아 온 나도 몸과 정신이 한계에 다다른 느낌이 들었다. 그래도 또 버텨 내야 했다.

생명의 은인과 병명은 루푸스

깜깜한 긴 터널에 빛이 비치는 기색조차 없었다.

그러던 중 두 번째 생명의 은인을 만났다. 내 인생에서는 너무 소중한 인연이다. 아마 이분을 만나지 못했다면 당시 아무리 큰 병원을 다녔어도 내 병을 알기 어려웠을 것이다. 지금도 많은 병원이 제대로 된 진단을 어려워하는 희귀병이다. 만약 병을 제대로 진단받지 못했다면, 걷는 것도 앉는 것도 못하면서 누워만 있다 병원도 가 보지 못한 채 갖은 통증에 시달렸을 것이다. 그리고 2년 이상을 버티지 못했을 것 같다.

지금 생각해 보면, 이분을 만난 건 나의 운일 수도 있지만 아이들에게도 정말 다행이지 않았나 싶다. 만약 당시에 내가 잘못되었더라면 아이들 인생 역시 쉽지 않았을 것이다. 생존력이 강한 아이들이라 어떻게든 살았겠지만, 지금의 자리에 있는 건 어려웠을 것이다.

몸이 계속 안 좋아지자 이 병원 저 병원을 찾던 중 우연히 길가에서 '류머티즘 내과 개원'이라는 팻말을 보게 되었다. 20여 년 전만 해도 류머티즘 내과라는 곳은 지방에서 보기에 생소했

결혼을 쉽게 선택했다

다. 그런데 무언가에 이끌리듯 나도 모르게 그 병원에 들어갔고 병원에서 젊은 여자 의사 선생님을 만나게 되었다. 나의 통증과 관련된 증상이 너무 많아 다른 병원에서는 말하기 쉽지 않았는데, 선생님은 천천히 아픈 곳을 모두 얘기하라고 하시면서 차분히 다 들어 주셨다.

진단이 3주에 걸쳐 진행됐고 3번의 피검사와 처방되는 약이 계속 변경되었다. 진단 결과는 전신홍반성루푸스, 자가면역질환이다. 외부에서 공격해 오는, 감기 같은 나쁜 바이러스를 물리쳐야 하는 면역세포가 잘못 작동하여 몸 안의 같은 세포를 공격해 염증을 일으키는 질환이다.

전신에 발생할 수 있고 증상이 너무 다양해서 천 가지 이상이다. 그리고 양 볼이 늑대처럼 빨갛게 된다고 해서 전신홍반성루푸스라 이름이 붙여졌다고 한다. 원인도 모르고, 현재까지 치료제도 없다. 워낙 증상들이 다양하고 대부분 통증을 수반하기 때문에 진통제 또는 심하면 스테로이드 약으로 조절해 나갈 수밖에 없는 병이었다.

당시 의사 선생님은 박사 공부 중이라 방학 기간 동안만 임상에 나온 상태였다. 그러던 중 나를 만나셨던 것이었다. 한 달만 더 늦었어도 아마 만나지 못했을 것이다. 나는 모든 관절에 염증이 생긴 상태였고 더 진전이 될 수도 있었다. 약을 계속 바꾸어 가면서 나에게 맞는 약을 처방해 주시고는 다시 공부를 위해 학교로 돌아가셨다.

그리고 나서 의사 선생님이 정해 주신 처방전으로 다른 내과에서 약을 받아먹었다. 선생님 방학 때가 되면 전화로 연락을 드렸고, 이 병원 저 병원을 계속 쫓아다녔다. 이후 선생님은 내가 살고 있는 지방에 내과 병원을 개원하셨다. 이후 15년 넘게 지금까지 많은 도움을 주고 계신다. 나중에 알게 되었지만 당시 전공의로 루푸스를 직접 공부하신 분이었다. 정말 천운이었다. 이렇게 두 번째 소중한 인연이 나를 다시 살아가게 해 주었다.

조금씩 아주 심한 통증에서는 벗어나는 듯했다. 하지만 아직도 넘어야 할 산이 까마득했다. 산 넘어 뭐가 기다리고 있는지도 모른 채 힘겨운 하루하루를 보내고 있었다.

작은아들은 서울로 대학을 진학했고, 큰아들은 군대를 갔다. 몸이 아파서 마트 일은 금, 토, 일 3일만 했다. 사실 3일도 이를 악물고 버텨야만 했다. 나머지 4일은 집에서 하루 종일 누워 있었다. 이 암흑처럼 길고 긴 터널이 끝이 날까 하는 생각에 진저리가 났다. 남자아이들이라 큰아들은 8년, 작은아들은 7년 동안 대학을 다녔다. 군대 2년, 자격증 공부 등 1~2년씩 휴학을 하다 보니 그렇게 되었다. 두 아이가 대학 1학년을 마치면 바로 군대를 보냈다. 어차피 가야 하는 군대는 빨리 다녀오고 이후 장래를 준비하는 게 나을 것 같다는 생각 때문이었다. 그러던 중 두 아이가 겹쳐서 군대에 간 1년 동안이 결혼 후 21년 만의 휴식이었다.

그러던 어느 날, 전남편과 차를 타고 가던 중 길 건너편에 모텔이 하나 있었다. 전남편은 빨간 신호등에 차가 서 있는 동안 건너편 모텔을 바라보면서 말을 했다. "이야! 저기 한창 좋은 시절에 엄청 갔었는데….", "어쩌고저쩌고…." 글로도 쓸 수 없는 말이다. 마음에 안 들었다는 얘기였다. 그리고는 웃으면서 나를 바라보았는데 부인인 나한테 아무렇지도 않게 지나간 일들을 얘기하듯 말했다.

나는 아무런 감정도 들지 않았다. 그냥 '가지가지 한다.'라고 생각했었고 이후 완전히 각방을 쓰기 시작했다. 지나간 일이라도 부인에게 그런 말을 아무렇지 않게 할 수 있는 사람은 확실히 정상이 아니다. 사실 그전에도 일을 시작하고부터는 거의 거실에서 잤다. 병의 증상으로 불면증도 심했지만, 전남편이 옆에 누우면 숨이 막혀 호흡이 어려울 정도였다.

가슴 중앙에 큰 돌덩어리가 꽉 막고 있는 느낌이 들었다. 내 속에서조차 나를 파먹는 사람 같았다. 무엇보다도 이 사람이 어떤 의식조차 하지 못하고 있다는 사실이 나를 더욱 미치게 했다. 아주 작은 부분조차 얘기가 안 되기 때문에 소통이라는 것은 될 수가 없었다. 딱히 밖으로 크게 드러나지 않는 이러한 부분들을 누구에게 얘기할 수 있겠는가?!

이제 조금만 가면 된다고, 조금만 버티면 된다고 생각했다. 그러나 그건 나의 착각이었다. 더한 태풍이 나를 기다리고 있었다.

3장

결혼
30년

내 아이들에 대한 얘기

내가 어쩔 수 없이 일을 쉬는 동안, 잠시 전남편이 경제적인 부분을 책임졌다.

당시 대학생이면 대부분 어학연수를 다녀왔었다. 나는 6개월 동안 천만 원 이상의 돈으로 어학을 얼마나 배울지 의문이었지만, 돈이 없었기 때문에 아이들에게 어학연수 기회를 주는 건 엄두도 나지 않았다. 큰아들은 다른 대학에 비해 상대적으로 등록금이 적었고, 작은아들은 2학년 2학기부터는 거의 대부분 장학금을 받았다. 기숙사도 장학생으로 무료로 다니고 있어서 책 값과 용돈 정도만 책임지면 됐었다.

나는 전남편의 사업이 조금 되나 보다 하며 착각하고 있었다. 이 착각은 나중에 아이들에게 큰 바윗덩어리를 안겨 주었다. 그리고 사업의 실체를 아는 순간, 나 또한 정신적인 번아웃에 가까울 정도로 정신적인 한계점에 달해 사리 분별을 잃을 정도로 미쳐 버렸었다.

나의 얘기를 이어 가기 전에 잠시 아이들에 대한 얘기를 하려고 한다.

큰아이는 대학을 입학한 후 군대를 너무 힘든 곳을 다녀왔다. 그래서인지 본인이 하고 싶은 일을 해 본다고 했다. 2년의 휴학 기간을 갖고 아르바이트와 함께 서울에서 고시원 생활을 시작했다. 이때까지 내면의 방황이 계속되고 있었던 것 같다.

배 속에서 엄마와 함께 생과 사를 나눈 탓인지 엄마에 대한 마음이 유난히 깊었던 아이다. 3살 때부터 동생을 업고 시장에 갔다 올 때면, 자기도 업혀야 할 나이임에도 불구하고 아장아장 옆에 따라오면서 엄마가 산 물건 봉지를 작은 고사리손으로 받아 들고 따라오던 아이였다. 옆집에 마실이라도 갔다 올 때면 얼른 엄마 가방과 동생 신발을 챙겨 들고는 문 앞에 서서 기다리고 있던 아이였다. 유치원 다닐 때쯤 내가 몸살이 나서 끙끙 앓고 있을 때, 밥상을 차려 방으로 끙끙거리며 들고 와서는 엄마를 먹여 주었다.

연년생 두 아들을 키우는 육아 기간 동안에도 동생을 워낙 잘 데리고 놀아 주면서 날 도와주던 아이였다. 가끔 고집을 세게 부릴 때 외에는 단 한 번도 속을 썩인 적이 없다. 나 자신도 살아오면서 큰아이에게 많이 기대곤 했다. 심지가 참 깊고, 든든한 아이였다. 내가 아이들 먹이려고 맛있는 반찬을 안 먹고 있으면 슬며시 반찬을 내 앞으로 가져다주며 "엄마, 이거 먹어! 맛있어!"라고 말해 주는 다정하고 따뜻한 아이다.

큰아이는 고시원 생활을 마치고 취업한 후 근 5년 정도 집 생활비를 대었다. 큰아이가 취업할 당시에는 10년 넘게 월세 신세를 면하지 못하고 있었다. 취업 직전에는 월세를 못 내 보증금이 전부 소진된 상태였다. 그래서 큰아이는 취업하는 달부터 생활비를 150만 원씩 보냈다. 신입 사원으로 250만 원 남짓의 월급을 받던 본인에게는 큰돈이었다. 본인 월세와 용돈 조금을 빼고 남는 전액이었다.

그 돈을 매달 받을 때마다 나는 애간장이 녹는 것 같았다. 이때부터 전남편에게 소리를 지르고 악을 써 댔다. 언제까지인지 끝도 없을 것 같은 이 상황 속에서 큰아이는 취업 후부터 나에게 계속 이혼을 얘기했다. 고등학교 때부터 쭉 생각해 오고 있었다면서….

작은아이는 할 얘기가 정말 많다. 너무 영민하고, 섬세하고, 에너지가 넘치는 아이다. 큰 아파트에서 작은 집으로 이사 왔을 때도 "엄마, 우리 망한 거야? 응? 망한 거지?"라고 하면서 깔깔 웃던 아이였다. 참 이쁘다. 4살 때 형에게 가르치던 한글을 보면서 장난치며 놀았었는데, 어느 순간 혼자 한글을 떼어 동화책을 읽고 있었다.

초등학교 4학년 때 처음으로 전국 시험을 본 적이 있었다. 공부는 스스로 해야 된다는 생각을 갖고 있던 나는 아이들에게 공부에 대한 잔소리도 하지 않았고 강압적인 공부는 절대 시키지 않았다. 다만 공부를 해야 할 때 필요한 것이 집중력과 체력인 것 같아 그 부분에 도움이 되는 것만 과외를 하거나 학원을 보냈다.

전국 시험 당일, 작은아이가 집에 돌아와 시험지를 식탁에 내던지고 놀이터로 뛰어나갔다. 나는 시험지를 보지 않고 있었다. 잠시 후 큰아이가 와서 본인 시험지를 보여 준 뒤 동생 시험지를 보더니 눈이 똥그래지면서 "엄마! 애 뭐지?"라고 했다. 나는 "왜? 빵점이야?!"라고 했더니 큰아이가 "전 과목 백점이야~"라고 하는 것이었다. 나 참!!

1학년 때부터 받아쓰기 시험을 보면 큰아이는 꼭 1개씩 틀리곤 했지만 작은아이는 항상 100점을 맞아 나를 헷갈리게 했다. 항상 덤벙대고 마구잡이로 떼쓰는 일도 허다했다. 학교 입학 후에는 저녁마다 준비물을 확인할 때면 절대 없다고 매번 큰소리를 쳤다. 그리고는 다음 날 아침, 가방을 메고 현관 앞을 나서기 직전에 "아참!! 준비물 있다!"라고 하거나 학교에 가서는 수신자 부담으로 전화를 하곤 했다. 알고 보니 준비물이 있었다며 빨리 갖다주란다. 엄마를 팔짝 뛰게 하는 재주가 있었다.

전국 시험 당일 저녁에 잘했다고 칭찬을 했더니, "공부는~ 자기 자신을 위해서 하는 거야!"라며 조그마한 입에서 나를 흉내 내는 모습이 어찌나 웃기고 이쁘던지.

작은아이가 초등학교 2학년 때부터 남편이 실직 상태였다. 나는 항상 생활비 고민으로 정신적인 스트레스가 컸다. 그러면서도 아이들 교육은 유지하고 싶어 무리하면서 지출을 감행했다. 내 웃음도 점점 없어지기 시작했다. 그런 상황에서도 작은아이는 항상 에너지가 넘쳐 만사가 기분 좋은 아이였다.

나는 게임이나 만화책 등 다른 부모들이 하지 말라고 하는 것들에 대해서 말린 적이 없다. 오히려 실컷 하게 놔두고 취침 시간과 다니는 학원만 결석하지 않도록 하였다. 만화책은 아이들과 함께 같이 봤고 셋이서 거실에 누워 돌려 가며 읽곤 했다. 초콜릿, 과자, 인스턴트 같은 것도 먹지 말라고 하지 않았다. 냉장고는 항상 가득 채웠고 특정 행위를 차단하거나 금지하는 일은 거의 없었다.

본인들이 스스로 경험해서 터득하고 분별할 줄 아는 능력을 키우는 게 낫다고 생각했다. 대신 6살 때까지 삶의 기본에 대해서는 아주 엄하게 가르쳤기에 그 이후에는 아이들을 믿어 주었다. 어떤 일에도, 엄마는 본인들을 믿는다는 확신만 줬다. 그리고 실제로도 굳게 믿었다.

그렇게 첫 시험을 올백으로 1등을 한 뒤에도, 따로 공부를 하라고 잔소리 한 번 안 했던 녀석인데 시험만 보면 백점이었다. 나중에 알고 보니, 쉬는 시간에는 최고로 시끄러운 아이인데 수업 중에는 눈을 반짝이며 최고로 집중하는 아이라고 담임선생님께서 말씀해 주셨다.

저녁 식사는 고기, 생선, 야채 세 가지 모두 갖춘 반찬으로 잘 먹었다. 기회가 되면 빵도 만들어서 먹었다. 중학교에 들어가서도 둘째 아들은 시험을 잘 봤다. 그때서야 나의 교육 신념과 방침에 대한 스스로의 의구심을 내려놓게 되었다. 중·고등학교 때는 경제적인 여력이 부족해 과외나 학원 제대로 보내지 못했다.

작은아이가 한번은 나에게 말했다. "엄마, 친구들은 공부 잘한다고 하면 왕 대접받는대. 나는 왜 안 그래?"라고 물은 적이 있다. 나는 "그러게~ 하지만 공부 잘하는 게 집에서 왕 대접받을 일은 아닌 것 같아. 형은 너보다 공부는 조금 뒤져도 너보다 좋은 점이 많잖아? 그게 더 중요하다고 생각해. 공부 잘한다고 왕 대접하면, 너는 오만해질 것이고 형은 좋은 점이 묻힌 채 기가 죽을 거야. 그럼 둘 사이도 좋지 않겠지?! 공부 잘하는 건 너 자신에게 이로운 거지, 엄마가 그걸로 무조건 널 잘한다고 하는 건 틀린 것 같아. 형한테 배울 점이 많잖아."라고 말하자 작은아들은 "응~ 그렇구나!" 하며 고개를 끄덕끄덕했었다.

또 한번은 고3 때 전국 모의고사를 본 후 눈이 퉁퉁 부은 채로 늦게 들어온 적이 있었다. 울다가 들어온 것이다. 왜 그러냐 물어보니, 내 무릎에 머리를 묻고 통곡을 하면서 "이번에는 정말 죽을힘을 다했는데 또 반 1등을 놓쳤어. 나는 왜 모의고사에서 반 1등이 안 되지? 과외를 못 해서? 혼자 공부해서야? 우리 집이 가난해서 그런 거야?"라고 흐느끼며 대성통곡을 하는 것이다.

엄마로서는 마음이 찢어졌지만 작은아이에게 대답을 해 줬다. "지금 1등, 2등은 한 문제 틀리고 맞고 차이일 뿐이야. 10년 후에, 네가 30살 때 누가 1등인지는 지금 혼자 공부하는 것처럼 열심히 하면 네가 1등일 거야. 걱정 마." 사실 지원을 못 해 준 엄마의 변명이었지만, 실제 작은아들이 30살일 때는 남부럽지 않은 커리어를 가지고 있었다.

자식은 모자람 없이 해 줄 때도 마음이 아프지만, 못 살아서 못 해 줄 때는 더욱 더 마음을 찢어지게 하는 존재 같다. 감기에 걸려 밤새 기침을 해 대는 아기일 때부터 어른이 다 된 지금까지도. 앞으로 결혼을 하고 잘 살고 있어도 계속 그럴 것이다. 항상 미안하고, 바라다보면 가슴이 아프다. 작은아들은 대학 때도 엉덩이가 짓무를 때까지 매일 아침 7시에 일어나 저녁 12시까지 공부만 했다. 그렇게 대학교 3학년인 어린 나이에 회계사 시험에 합격하고, 4학년 2학기에 바로 문과 대학생들이 선망하는 회사에 입사했다. 큰아이도 대학 졸업 후 대기업에 취업하여 서울로 올라갔다.

전남편은 여기저기 까마득히 연락도 안 하고 지내던 사람들한테까지 전화를 해서 엄청 자랑하고 다녔다. 마치 본인 자존심의 스크래치를 보상이라도 하듯이 말이다. 나는 이제 정말 고생 끝인가 싶었다.

다시 낭떠러지 절벽 끝에 서다

나는 작은아들이 취업한 뒤 이혼에 대해 얘기했다. 작은아들은 본인 결혼에 흠이고 자존심이 상한다는 이유로 안 했으면 좋겠다고 말했다. 나는 "그 말도 맞는구나! 여태까지 참았는데 너한테 흠이 되면 안 되지. 하지만 직장 생활하면서 상사들도 보고 여자 친구도 사귀면서 엄마 아빠 말고 남편과 아내의 관점에서 잘 생각해 줘 봐."라고 말했다.

이후 작은아이는 3년 정도 집에 올 때면 나와 전남편을 유심히 지켜봤고, 결국 이혼에 동의해 줬다. 내가 결혼할 때 흠이 되면 어떡하냐고 물으니 작은아들은 "결혼 안 하면 돼. 내 상황인데 못 받아들여 주면 할 수 없지 뭐. 괜찮아!"라고 했다.

작은아들은 생활비를 보태기 위해 나에게 신용대출인 마이너스통장을 맡겼다. 회계사 합격자들이 만드는 신용대출 통장이었다. 그리고 작은아들은 본인 명의의 전세대출로 월세에서 전세로 집을 바꿔 준 터라 빚이 꽤 있던 상태였다.

나는 아이들이 대학을 다니는 동안 일을 하지 못했다. 큰 병원 근처에도 못 가 본 채 진통제로만 하루하루 버티고 있었다. 생활비는 전혀 받지 못하고 있었지만 일부 필요한 자잘한 돈들은 전남편이 보내 주고 있었다. 그래서 사업이 잘되고 있는 줄 알았다.

하지만 이번에도 역시 아니었다. 전남편은 사업을 하면서 여기저기 빚을 지고 있었다. 나에게 작은아들의 신용대출 통장이 있다는 것을 알자 급하다면서 돈을 달라고 말하기 시작했다. 전남편은 갖가지 좋은 말을 하면서 처음에는 백만 원 단위부터 빌려달라고 하더니 시간이 지나자 액수가 점점 커졌다.

알고 보니 작은 에이전시 같은 회사를 운영하면서 물품 오더를 받아 납품한 뒤 대금을 전부 쓴 후 물품값을 지불하지 않고 있었던 것이다. 채권자들은 시간이 지나자 무섭게 나오기 시작했다. 이미 아이들 직장까지 전부 알고 있었다. 나는 기가 막혔지만, 입사한 지 얼마 안 된 아이들의 회사로 채권자들이 찾아갈까 겁이 나고 무서웠다. 나 자신의 일이었다면 끝까지 버텼겠지만, 이건 경우가 달랐다. 어쩔 수 없이 작은아들에게 말도 못하고 신용대출로 돈을 줄 수밖에 없었다.

작은아들은 순식간에 큰 빚을 떠안게 되었다. 철두철미한 아이지만 열심히 공부해서 좋은 회사에 입사한 후 엄마 전셋집을 구해 주려고 했을 뿐인데, 상상도 못 한 큰돈이 의논도 없이 빠져나갔으니 어떠하겠는가?! 날마다 전화를 해서 갖은 짜증과 화를 내었다. 아빠가 쓴 돈인 건 알았지만 아빠하고는 말이 통하질 않으니 엄마에게만 화풀이를 해 댔다.

나는 할 말이 없고 죄스러운 마음뿐이었다. 무슨 변명을 하겠

결혼을 쉽게 선택했다

는가. 잠자코 듣고 있어야만 했다. 큰아들은 큰아들대로 생활비를 도대체 언제까지 주어야 하나 불만을 토로했다. 아빠에 대한 원망을 나에게 얘기하며, 집안에 희망이 없다며 숨통을 조였다. 큰아이 28세, 작은 아이 27세였다.

죽기 살기로 늪지를 빠져나오려고 버텼는데 또다시 늪지 속으로 빨려 들어간 마음이었다. 이혼을 하겠다는 의지조차도 희미해져 가기 시작했고, 우울증이 극에 달해 마음과 정신이 없어지는 것 같았다.

엎친 데 덮친 격으로 갱년기가 시작되면서 그동안 쌓여 있었던 병들이 터져 나오기 시작했다.

보균상태였던 B형 감염의 활동이 진행되면서 간염이 발생했고, 당뇨병과 고혈압, 고지혈증이 동시다발적으로 시작됐다. 신경이 찢어지는 고통의 섬유 근막통, 통풍 등이 겹치면서 새벽마다 전기 고문이 이런 것일까 할 정도의 고통이 이어졌다.

무엇보다 불면증이 가장 힘들었다. 여러 가지의 병과 아픈 통증, 극한 스트레스 등으로 약이 늘어났다. 몸의 붓기도 심해졌다. 잠을 못 이루면서 수면제의 양도 늘어났고, 3일 내내 잠을 못 자는 경우도 점점 늘어났다. 말로 표현하기 힘든 고통이었다. 미쳐 버리는 고통이라고 하면 표현이 될까? 2년 사이 체중도 20kg 이상이 늘었다. 지금도 수면제 없이는 잠을 못 자지만, 당시에는 많은 양의 수면제를 먹어도 꼬박 밤을 새우기 일쑤였다.

한번은 새벽에 통증이 너무 심했던 날이었다. 식은땀도 심하고 입이 너무 마르고 있는데, 통증 때문에 움직일 수가 없어 다른 방에서 자고 있던 전남편을 간신히 전화로 불렀다. 물 좀 갖다 달라고. 말도 간신히 하는 지경이었다. 하지만 그 사람은 물끄러미 쳐다만 보고 있더니, "왜? 물을 떠 달라고 자는 사람을 깨우냐."라고 말하는 것이었다. 그러면서 본인 방으로 가 버렸다.

5살 먹은 아이도 수건을 적셔 머리에 얹어 주는 것을 아는데, 이 사람은 대체…. 그 후 헤어질 때까지 15년 넘게 많은 병을 앓고 있었는데, 내 병명조차 제대로 몰랐다. 아마도 본인은 그런 병에 안 걸려서, 그리고 안 아파서 다행이라고 생각했을 것이다.

아픈 사람은 돌봐 주어야 한다. 아무리 돈이 많고, 사회적으로 높은 위치에 있다고 할지라도 아픈 사람은 약자다. 아프다는 건, 나만 아프기 때문이다. 옆에서 위로해 주고, 애달파 해도 결국 아픈 건 나 자신이다. 병에 들면 억울하고 서럽다. 그것도 치유 가능성이 있는 병이라면 희망을 품고 그 희망으로 견뎌 낼 힘이 나지만, 그렇지 못한 희귀병은 사람을 피폐하게 만든다. 언젠가는 체념하고 받아들이게 되지만, 희망 없는 절망 위에 얹힌 나만의 위안일 뿐이다.

또 수시로 죽음을 생각하게 된다. 기댈 곳도 없고 위안이 되는 것도 없다고 느껴질 때면 체념과 동시에 삶의 무게를 놓아 버리고 싶기 때문이다. 그래도 죽을 수는 없으니 계속 살아가면

결혼을 쉽게 선택했다

서 버텨야만 한다. 하루를 약으로 시작해서 약으로 마무리하면서 말이다.

무릎 통증이 심해지면서 걷는 것조차 힘들어 집에만 있었다. 한 달 동안 그 누구의 전화도 없고 친구 한 명 만나는 사람도 없어 무력감에 빠져들었다. 지금도 그렇지만 일주일 동안 말 한마디도 못 하고 지낸 적이 많다. 웃을 일도, 웃어야 하는 일도 없어졌다. 점차 숨을 쉬는 것도 어려워졌다. 코로 들이마시고 내쉬어야 하는데 숨이 올라오는 도중, 숨이 가슴에서 막히면서 내쉬어지질 않았다. 가슴을 주먹으로 마구 두드리곤 했다.

어느 날 주치의 선생님은 걱정스러운 눈빛으로 뇌졸중이 걱정된다고 했다. 아슬아슬해서 루푸스와 간을 서울의 종합병원과 협진하는 게 좋을 것 같다고 하면서 예약도 직접 해 주셨다. 그러면서 도대체 왜 무엇 때문에, 그렇게 스트레스를 받는 것이냐고 애타셨다. 나는 그냥 웃었다. 무슨 얘기를 어떻게 해야 내 이런 상황을 공감해 줄 수 있겠는가. 10년을 넘게 봐 왔는데 쓰러질 정도로 아파도 늘 혼자 병원에 다닌 환자였다. 아들 둘은 입사 후 찾아가 인사를 드렸던 터라, 아마도 혼자 사는 줄 아셨을 것이다. 그렇게 생각하는 게 당연했다.

어느 날인가, 새벽 늦게 잠든 뒤 낮 1시쯤 일어나자마자 아무것도 먹지 못했는데 토를 하고 쓰러졌다. 눈을 뜨니 캄캄한 저녁이었다. 혼자 어리둥절하면서 일어났다. 게워 낸 흔적이 여기저기 있었고, 머리카락에도 붙어 있었다.

숨을 못 쉬어 기절했던 것이다. 아무도 없는 상황이었다. 만약 일어나지 못했다면, 죽었을지도 모른다. 아이를 무사히 낳고 살아나고, 주치의를 만나 살아나고, 숨을 못 쉬어 쓰러졌다가 일어난 것까지….

세 번째로 살아난 것이다. 이렇게 죽음과 가까운 순간에서 다가오는 새로운 생명이 무슨 의미일까? 등대의 빛줄기 같은 것일까?

가슴 중앙과 마음속 가득히 흔히 얘기하는 화병이라는 게 있는 것 같았고, 지독한 스트레스에 많은 장기들이 서서히 영향을 받는 것 같은 느낌이었다. 의학은 잘 모르지만 희귀병을 앓으면서 여러 책자를 많이 뒤져 보고 읽어 봤었는데, 책만으로는 알 수 없는 느낌을 내 몸이 말해 주는 것 같았다.

항상 바짝 긴장한 상태로 삶이 반복되고, 이것이 스트레스로 이어지면서 결국 몸의 많은 부분이 서서히 망가진 것 같았다. 성한 곳이 없었다. 이때의 나는 내가 아니었다. 극도의 우울증과 스트레스로 나 자신은 더 이상 견딜 수 없이 무너지고 말았다. 악착스럽게 버텨 왔지만, 자식들이 힘들어하는 것을 보는 건 나의 삶에 의미가 없어지는 일이었다.

돌이켜 보면 이때 남편과 관계 정리를 했어야 했다. 당시에는 이 사람이 수입이 없어 집을 나가면 아이들이 또 책임져야 했었다. 그래서 어떻게든 먹고살 수 있도록 직장을 잡도록 하고 원

룸이라도 얻어 주고 끝을 내는 게 옳다고 생각하고 그것을 기다리고 있었다. 하지만 정작 이혼까지 몇 년이 더 걸렸다. 내 인생, 그리고 이 사람과의 관계에서 저지른 두 번째로 큰 실수였다.

20년이 넘는 동안 가장의 수입이 없으면, 주부가 벌 수 있는 수입은 한정되어 있다. 전문적인 직업을 갖고 있는 것이 아니라면 말이다.

큰아들이 급할 때 사용하라고 본인 신용카드를 주었었다. 오랫동안 힘들어도 사용하지 않았다. 내 화장대 위에는 제대로 된 화장품 하나 없었다. 샘플로 얻은 작은 병인 화장품밖에 없었고, 그것도 없을 땐 아무것도 바르지 못하고 그냥 다녔다. 옷도 계절마다 한 벌씩밖에 없었다. 목이 늘어진 상태의 티셔츠와 운동복 바지가 전부였다. 나에게 필요한 것들을 사 본 적이 언제인지 모를 정도였다. 정신적으로 불안하고 지쳐 있던 나는 불면증으로 늦게까지 TV를 봤다. 그러다가 홈쇼핑에 빠져들었다.

큰아들의 신용카드에 손을 대기 시작한 것이다. 무릎이 아파 바닥에 앉지를 못해 소파와 식탁을 샀고, 건강식품들도 샀다. 체중이 급격하게 20kg 정도 늘어나면서 거울에 비친 내 모습이 혐오스러웠다. 이후 먹지도 않을 것들과 각종 화장품 등등 내가 오래도록 사 보지 못했던 것들을 계속 샀다. 미쳐 있었다. 카드값은 점점 늘어나서 감당할 수 없게 되었다. 어쩔 수 없이 큰아들에게 미안하다며 상황을 얘기했다. 큰아들은 아무 말 하지 않고 해결해 주었다.

이런 상황에서 전남편은 예전보다 더 천하태평이었다. 집도 월세를 벗어났고, 생활비도 큰아들이 대고 있었기 때문이었다. 10년의 사업 경험이 어쩌니 저쩌니 하면서 여전히 사무실 유지비와 기타 등등 돈을 쓰고 다녔다.

그런 전남편을 보면서 매일 악다구니를 질러 냈다. 이제 나에게 인내심이라는 것은 없었다. 날마다 악을 쓰며, 생활비 백만원이라도 벌어 오라고, 제발 취직하라고, 내가 언제까지 당신을 봐줘야 하냐면서 이제는 나만 먹여 살리면 되지 않느냐고… 하며 싸워 댔다.

그 와중에 큰아들은 나에게 계속 이혼을 종용했다. 전남편은 큰아들이 생활비 좀 댄다고 자기를 무시한다면서, 그리고 괘씸하다며 비난을 했다. 나는 기가 찰 노릇이었다. 8차선 교차로의 한가운데 서서 사방으로 달리는 차들 사이를 피하지도, 뛰어들지도 못한 채 정신을 잃어 가고 있는 듯했다.

사람은 조금 나아질 수는 있지만 변하지 않는다. 끝나지 않을 것 같은 상황이 계속되자 나의 정신상태는 더욱 안 좋아졌다. 스트레스도 한계치에 다다랐었다. 당시 제일 고통스러웠던 것은 하루 종일 전신통증에 시달리는 것과 함께 오는 불면증이었다. 불면증은 병도 아니고 아픈 것도 아니지만, 사람이 말라 죽어 간다는 표현이 맞을 정도로 힘들다. 정신을 올바르게 유지할 수가 없다.

카드를 다시 긁기 시작했다. 큰아들이 해결해 준 카드값이 다시 커지기 시작했고, 또다시 카드값이 쌓이기 시작하자 너무 무서웠다. 아들에게 또 얘기하는 것도 무서웠고, 나 자신도 믿지 못하게 되었다. 결국 큰아들이 알게 되었고, 그렇지 않아도 힘든 상황이었던 큰아들은 연락을 끊었다.

큰 아들이 내 전화를 수신 차단해 버렸다. 큰아들로부터 수신 차단을 당하자 나는 내 심장 하나가 나를 버린 것 같은 느낌이 들었다. 내 정신과 마음은 가위로 찢기듯 갈기갈기 잘려 나가는 느낌이 들었다. 당시는 내 인생에서 가장 지워 버리고 싶은 기억이다. 작은아들은 형을 이해하고 자식으로서 자리를 지켜 주었다.

나의 묻혀 있는 상처 1호, 엄마

생활비도 끊기고 작은아들이 병원비만 이따금씩 보내 주었다. 전남편에게는 밥도 해 주지 않았고, 아무것도 하지 않았다. 낮이고 밤이고 시체처럼 방과 소파에 누워 천장만 바라보았다. 생각조차 멈췄다. 그대로 죽었으면 좋겠다는 생각을 했었다. 이제는 뭔가를 해야 한다는 책임감도 없었고 살아야 할 이유도 없었다. 지칠 대로 지쳐서 눈을 감고 있는 것이 편안했다. 숨을 쉬는 것조차 힘들었고 먹는 것도 귀찮았다. 불면증 때문에 잠조차 자기 어려워 산다는 것이 부질없었다.

큰아들이 내 전화를 차단하다니…, 내가 어떻게 버텨 왔는데. 미안하지만 억울했고, 또 미안하지만 가슴이 텅 비어졌고, 또 미안했지만 미웠다. 큰아들은 나에게 큰 버팀목이었다. 자식이었지만 내가 사랑을 받고 있다는 확신을 주는 아들이었다. 날 이해해 주리라 생각했었다. 하지만 텅 빈 마음에 부여잡고 있으면 안 되는 걸 부여잡고 있었다. 자식과 부모는 수직적인 관계이다. 큰아이가 아들임을 상기하게 되는 일이었다.

그런 측면에서 내 엄마는 나의 상처, 나의 스트레스 1호였다.

몇 십 년 동안 단 한 번의 위로도 받은 적이 없었고, 단 한 번의 격려도 받은 적이 없었다. 어려서부터 어떻게 내 마음을 어떻게 후벼 파나 고민하는 사람처럼 내 마음에 비수를 꽂는 말을 수시로 했었다. 아무렇지도 않게 말이다.

폭력은 물리적인 폭력뿐만 아니라 언어적인 폭력도 폭력이다. 지속적인 언어폭력은 상대방에게 정신적인 죽음에 이르는 상처를 입힐 수 있다.

"네 친구가 너보다 훨씬 낫다.", "딸이 못 살아 창피하다.", "너 때문에 지긋지긋하다. 자식이 지긋지긋하다.", "아프다는 말 하지 마라. 듣기 싫다." 등등 차마 쓰지 못할 말도 많다. 어떻게 자식한테 이런 말을 수시로 할 수 있는지 지금도 의아하다. 내가 부모를 선택해서 태어난 것도 아닌데 말이다. 그렇다고 내가 자라면서 엄마 속을 썩이는 일을 한 적도 없었다. 착했다. 특히나 결혼도 그랬고, 결혼 후에 발생한 여러 가지 일도 내가 못나서, 내가 잘못해서 그렇게 된 건 아니다.

상황은 상황이 엮여서 발생한다. 좋은 상황과 나쁜 상황은 내가 잘나서 그런 것도 아니고, 내가 못나서 그런 것도 아니다. 그래서 자만해서도 안 되고 절망과 자책을 해서도 안 된다. 상황의 기로에서 신중한 선택을 해야 하지만 닥친 상황 자체를 바꿀 수는 없다.

내 엄마는 평생 돈을 좇으며 사셨다. 성품도 다정함과 상냥함보다는 차고 냉정하시다. 본인 잘못은 평생 동안 단 한 번도 없다고 믿으신다. 그래서 나 포함 내 동생들은 엄마의 오롯 사랑을 받지 못하며 자랐다. 그 당시에는 보통 4명의 자식을 낳았으니 뭐 그러려니 하겠지만, 마음이나 뇌의 빈 곳을 채우려다 보니 감정이나 선택에 냉정하기가 어렵다. 잘못된 감정에 이끌려, 잘못된 선택을 하는 경우가 생긴다.

내 엄마는 돈을 좇았지만 부자는 아니시다. 살아 보니 누구에게나 자기 그릇이라는 게 있는 것 같다. 그 이상은 욕심이다. 욕심은 자신뿐만 아니라 주위의 사랑하는 이들을 좀 먹는다. 욕심이라는 건 제일 무섭고, 눈과 귀를 가려 버리는 마음이다.

내 엄마는 욕심이 많으시다. 그 욕심이 뜻대로 되질 않으시니 항상 화가 나 있으시다. 그것을 말로써 푸시는 것이다. 상대방의 마음을 건드려야 할 때까지. 그리고 그 수위는 점점 높아지고 결국 비수 같은 말을 내뱉는다. 그리곤 본인은 잊어버린다. 그 말을 들은 상대방은 일주일 동안 잠을 못 잔다.

내 아버지는 참 다정하시고 자상한 분이시다. 어렸을 때는 왜 저런 아버지를 엄마는 매일 악을 쓰면서 미워하는지 이해가 안 갔다. 엄마에게는 자상함이나 다정함이 필요 없는 것이었다. 돈이 더 중요하고 필요했던 것이었다. 가치관의 차이니 어쩔 수 없다 해도 집안은 항상 불편하고 냉기가 흘렀다. 매일 싸우시니 항상 불안했다. 그래서 나는 전남편에게 아예 대응을 안 했던 것 같다. 아이들 앞에서 싸우는 모습을 보이기 싫었다.

내 엄마는 자식에게 밥 먹이고 학교만 보내 주면 부모의 모든 책무를 다 하는 것이라고 생각했다. 그래서 다른 것들에 대해서는 대체 뭘 더 해 줘야 하냐며 이해를 못 하셨다. 지금도 그러시다. 그래서 나는 아마도 도피처로 택한 게 결혼이었던 것 같다. 남편은 다 아버지 같은 줄 알았다. 참 순진하고 철딱서니 없었다.

나는 내 엄마를 닮지 않았고 내 엄마는 엄마의 엄마를 닮지 않았다. 외할머니는 정말 조용하시고, 다정하시고, 현명하신 분이셨다. 내가 참 많이 좋아했었다. 이런 걸 볼 때 엄마를 보면 딸을 안다는 게 무조건 맞는 말은 아닌 것 같다.

고마운 큰아들

가끔 '왜 연애를 한 번도 못 해 봤지?'라고 생각해 본 적이 있다. 항상 먼저 겁을 먹었던 것 같다. 미리 헤어짐을 걱정하고, 먼저 미래를 생각하고…, 그렇게 혼자 생각하다 머리가 아파서 그만두는 식이었다.

정신력은 강해도 마음은 항상 살짝만 만져도 부서져 버리는 11월의 마른 낙엽 같았다. 이런 마음을 부여잡고, 책임감과 좋은 엄마여야 한다는 신념으로 33년을 버텼으니 지금까지 죽지 않고 살아 있음에 감사하다.

그렇게 큰아들과 연락도 끊기고, 생활비도 끊겼다. 전남편과는 조금씩이라도 하던 대화조차도 하지 않았다. 또 전부 내 탓이라며 오만상을 찌푸리고 다녔다. 그래도 취직할 생각을 하지 않았다. 내버려 두었다. 나도 이제 '될 대로 돼라'였다. 내 인생 따위는 뭐 이제 새로운 게 있겠나 싶었다. 작은아들은 형을 2년은 볼 생각하지 말라고 했다.

깜깜한 어둠 속 터널을 벗어났다고 생각했건만 앞만 보고 가다가 구덩이에 빠진 마음이었다. 이번에는 기어 올라가야 하는데, 지칠 대로 지쳤고 올라가고 싶은 마음도 없었다. 구덩이 속

결혼을 쉽게 선택했다

에 웅크리고 앉아 있고 싶었다.

당시 주치의는 뭔가를 느끼셨는지 대장내시경을 권했다. 위장과 대장을 한번 봐야 한다며, 꼭 그렇게 하라고 권하셨다. 평소에 이런 말을 하는 분이 아니셨다. 내가 금전적인 이유로 하기 어렵다는 사실을 아시고는, 저렴하게 할 수 있게 해 주셨다.

검사 결과는 거뭇거뭇한 위장이었다. 위염이나 위궤양으로 인한 자국들이 얼룩져 있었다. 대장은 짙은 브라운 색상이었다. 나는 대장 색깔이 다 그런 줄 알았다. 알고 보니 용종을 6개나 떼어 내었고, 조직검사를 3번이나 했었다. 2개는 선종이었고, 1개는 경계성까지 간 선종이었다. 그렇게 그분은 또 나를 살려 내 주셨다. 이때 종양을 제거하지 않았다면, 몇 년 후에나 대장내시경을 했을 것이다. 그랬으면 위험한 상태가 되었을지도 모른다. '뭐 그렇게 되겠어?'라고 생각하는 사람들도 많겠지만, 나자신의 온몸이 망가져 보니, 건강할 때 건강을 지켜야 한다.

작은 금이 갔을 때 얼른 메꾸어야 한다. 건강이나 인생이나 말이다.

얼마 뒤 전남편도 대장내시경을 받았다. 위염을 앓은 흔적은 커녕, 자국 하나 없이 깨끗했고 대장에 용종 하나 없었다. 건강한 위와 대장은 정말 예쁜 선홍빛이었다. 평생 감기 한 번 앓은 적이 없는 사람이었다. 내가 병원에 갈 때는 같이 간 적이 없어도 본인 검진을 할 때는 나를 데려갔다. 혈압이 아주 조금 높은

130(정상 120)을 가지고 난리를 치며 이틀마다 병원을 찾아갔었다.

몇 번의 만남으로 주치의는 많은 부분을 바로 이해하실 수 있었나 보다. 아내의 병 상태는 의사 본인이 걱정되는 지경인데, 아내에 대해서는 한마디 질문도 없고 별문제 없는 본인의 건강 상태에 대해서만 난리 치는 모습을 보고 많은 부분을 이해할 수 있으셨을 것이다.

다음 달 내가 혼자 병원을 갔을 때, 주치의는 나를 한참 쳐다본 후 "아니, 어떻게 30년을 버텼어?"라고 진중하게 물었다. 나는 "그러게~ 더 이상은 안 되겠지?!"라고 말했고 주치의는 "응, 하지 마! 안 돼!!"라고 대답했다. 의사와 환자지만, 워낙 오래 알고 지냈고 믿음이 깔려 있는 사이라 이런 말도 할 수 있었다.

큰아들이 나를 차단한 지 1년쯤 지난 추석 명절이었다. 집에 내려온 작은아들에게 형한테 전화해 바꿔 달라고 했다. 작은아들은 "안 받을 텐데?"하면서도 내가 재촉하자 전화를 해 주었다. "형! 엄마가 미안하다고 전화 좀 바꿔 달라는데?" 큰아들이 전화를 받았다. "은희 씨~ 잘 지냈어?!" 하는데 눈물이 왈칵 쏟아졌다. 큰아들은 20살 때부터 엄마 이름을 아무도 안 불러 준다며 '은희 씨'라고 불렀다. 나는 "아들 미안해! 정말 미안해!"라고 울면서 얘기했다. 큰아들은 "응. 알았어~ 괜찮아!!"라며 대답했다. 작은아들은 "형은 역시 엄마한테는 약해." 하며 웃었다. 끊고 난 뒤, 작은아들에게 형이 수신 차단을 풀었냐고 물었다. 큰아들이 풀었단다. 그놈의 수신 차단!! 그렇게 큰아들은 엄마를 또 봐주었다.

각자의 엄마는 다르다

요즘은 내가 엄마한테 수신 차단을 걸어 버렸다. 이혼한 지 3년이 되어 감에도 불구하고 줄곧 20년 전 친정아버지한테 은행 보증인을 세웠던 돈을 전남편에게 받아 내라는 것이다. 아니면 본인이 직접 받으러 가시겠다는 것이다. 어렵사리 이혼한 뒤 조금씩 편안함을 찾으려고 하면, 한 달에 두세 번씩 전화를 해 볶아 대셨다. 그렇게 들쑤시며 악을 쓰는 통에 편안함이란 것을 가질 수 없었다. 머리가 그전보다 두 배는 더 깨지는 것 같았다.

엄마는 평생 변함이 없으시다. 아니면 "아이들 월급 얼마나 받느냐", "생활비는 얼마씩 주느냐" 앉으나 서나 돈 얘기다. 한 번도 건강이 어떠냐, 마음은 어떠냐는 질문을 받은 적이 없다. 50년 넘게 스트레스를 받아 오면서도 엄마니까 그냥 참기만 했었다. 어쩌랴. 이혼처럼 끊을 수가 없는 사이인데…. 그렇게 참기만 하는 것이 습관이 되어 버려 전남편에게도 그랬고, 다른 사람들에게도 대항력이 없어진 것 같다. 제대로 싸우지를 못하고 그냥 진다. 그리곤 한참 뒤에 깨닫는다. 엄청 억울하다는 것을. 결국 그것은 자존감을 눌러 버리는 것이다.

나 자신도, 나이가 60세 가까이 되면서는 스트레스에 반응할 때 평생 동안 짓눌렸던 부분이 한꺼번에 불이 켜지는 것처럼 반응을 한다. 전화를 안 받으면 받을 때까지 열 통이고 하시는 성격이신지라 무조건 받아야 한다. 통화 뒤에는 일주일을 앓아눕거나 숨이 다시 막혀 오고 전신이 아프다. 이런 나의 건강에는 관심이 없고 하고 싶은 말만 악을 쓰면서 하시니 도리가 없었다. 이젠 나도 쉬고 싶다. 딸이란 사람도 60살이 넘어간다.

물론, 완벽한 부모는 없다. 나 역시 마찬가지이다. 모든 사람들처럼 평생 자식을 나의 삶으로, 최선을 다하고 살았다고 해도 부족하다. 늘 미안하고, 늘 후회한다. 간혹 '얘네들한테 내가 좋은 엄마였을까.' 하고 스스로 반문해 보지만, 물어본 적은 없다. 대답이 두렵기도 하고, 되돌릴 수도 없는 일이기 때문이다.

선택할 수 없고 운명처럼 주어지는 인생에서의 첫 인연이자 가장 긴 인연이다. 자식이었지만 그 역시 또한 부모가 된다. 부부가 된다는 것은 같이 부모가 된다는 의미이기도 하다. 결혼을 하고 함께한다는 것은 결국 수많은 의미를 지니는 것이다. 자식에게는 부부가 함께 온 정성을 다해야 한다.

대부분의 강연이나 책에서는 엄마에 대한 얘기를 할 때 눈물을 자아내거나 좋은 얘기들을 많이 한다. 나는 내 엄마에 대해서 너무 적나라한 상처를 적게 되어 슬프기도 하고, 죄송하기도 하다.

내 엄마는 20살에 날 낳았다. 그 나이에 아이 자체가 힘에 겨워 사랑스럽다거나 예쁘다거나 하는 감정이 안 생길 수도 있었을 것이다. 그 이후 2살 터울로 동생들이 계속 태어났으니, 나한테는 더욱 그랬을 수도 있다. 한편으로는 어느 정도 이해가 되기도 한다. 그리고 나 자신도 마음의 상태가 좀 더 편안해지면 엄마를 다시 찾기 않겠는가.

두 아들이 직장 생활을 시작할 때, 내가 제일 당부한 것이 말이다.

말을 함부로 하는 것은 자신의 화에서 비롯되어 내던져지고, 자신도 모르게 반복되어 습관이 된다. 그 말을 반복해서 듣는 사람은 상처를 받고, 이 상처는 덩어리가 되어 병이 되어 버릴 수 있다. 이건 큰 죄다. 특히 가까운 사이인 경우, 안 좋은 말들을 주고받는 것이 반복되고 일상화되면 당하는 쪽이 죽어 갈 수 있다. 얼마나 무서운 일인가?!

결혼을 쉽게 선택했다

4장

이혼

이젠 끝내고 싶다

다른 친구들에 비해 이런저런 폭탄 같은 일들을 겪은 두 아들은 훨씬 성숙해졌다. 어느 순간 회사 일이나 자신의 길을 잘 가고 있다는 것이 느껴지면서 아이들의 뒷모습이 보였다. 날 떠나가는 것이다. 이즈음엔 그런 생각을 했던 것 같다. '이젠 편안히 죽을 수 있겠구나!'라는 편안함 같지 않은 편안함이 자리 잡았다.

내게 남은 일은 하나밖에 없었다. 30년 넘게 버텨 온 인연을 마무리해야 했다. 법원에서 가져온 서류 몇 장을 써 놓고 서랍에 넣어 놓은 지 2년이 지나고 있었다. 전남편은 사업 경력이 어쩌니 저쩌니 하면서 일을 할 생각이 없었다. 그 와중에도 내가 다시 일을 할 수 없을까 하는 생각을 하던 사람이었다.

나는 그사이 무릎 수술을 하였다. 하지만 루푸스로 인한 괴사 염려 때문에 무릎을 잡아 주는 2차 수술은 할 수가 없었다. 통증은 더욱 심해졌지만, 전남편은 전혀 관심이 없었다. 1차 수술 당시 내가 마취가 깨기도 전에 전남편은 사라져 버렸다. 친정 엄마와 동생이 함께 왔다가 엄청 황당해했었다. 사업이 어떻고 하면서 그냥 집으로 내려가 버렸었다. (수술은 서울에 있는 병

결혼을 쉽게 선택했다

원에서 했다.) 직장을 다니던 두 아들이 이틀씩 휴가를 내어 간호를 했었다. 그런 일에는 나와 아이들 모두 화조차 나지 않았었다.

전남편은 더 이상 나와 아이들이 도와주지 않는다는 걸 인지하였다. 아니, 이것보다는 돈 10만 원조차 빌릴 데가 없어지면서 기름값도 없는 지경에 이르자 여기저기 일자리를 알아보고 다니는 것 같았다. 그렇게 결국 자기 자신이 궁지에 몰려야만 마음과 뇌가 움직이는 사람이었다. 어쨌든 나는 '제발~!' 하는 마음으로 지켜보았다.

전남편은 일자리를 찾아본답시고 몇 달을 끌었다. 15만 원의 임대료가 나가는 사무실 보증금도 다 까먹고 애지중지하는 차도 세워 놔야 하는 지경에 이르게 되었다. 그러자 아파트 경비로 취직을 했다. 그렇게 아무도 봐 주지도, 생각지도 않는 혼자만의 꿈속에서 25년을 자존심만으로 살다가 60이 넘어서야 현실에 뛰어든 것이다.

어제까지 소위 잘나가는 사람이었다 해도 오늘 아니면 아닌 것이다. 명함이 없어진 것이다. 명함이 없어지면 사회인으로서는 위치가 사라진 것이다. 남자들은 보통 60세에도 건강하다. 건강하니까 계속 일을 한다는 생각으로 어떤 일이든 하는 것이 좋다고 생각한다. 무엇보다 본인 자신을 위해서이기도 하고 앞으로 90세 이상까지 사는 것을 생각해 보면 남은 노후를 위해서라도 그래야 한다고 생각한다.

예전에는 쳐다보지도 않았던 일들을 어떻게 하냐는 생각을 가지는 건 정말 잘못된 발상이다. 그동안 평탄하게 잘 살아왔다면 좋은 상황에 놓여 있었던 것이다. 지금이 그게 아니라면, 그에 맞게 빨리 수정해야 하는 것이 맞다.

가끔 주변을 보면 자식들의 나이가 30대 중반임에도 대출을 받아 결혼자금을 해 주려는 것을 본다. 내 경험상 빚은 반드시 되돌아온다. 본인들이 60대라면 빚을 정리해야 할 시기이고 30대 중반이면 어른이다.

차라리 30살이 넘으면 독립을 시켜서 본인이 버는 돈으로 생활을 해 보는 것이 더 크고 좋은 것을 얻을 수 있다고 생각한다. 엄마가 먹여 주고 빨래, 청소를 해 줄 때는 몰랐던 음식값과 세제값 등이 비싸다는 것을 알고, 여름에는 전기 요금이 많이 나오고 겨울에는 가스 요금이 갑자기 많이 나온다는 것을 배우는 것이 더욱 중요하다고 생각한다.

앞으로 가정생활을 해야 한다. 결혼하면 당장 현실이 된다. 그런 현실을 알고 시작하는 게 중요할 수 있다. 30대가 넘어서 하는 결혼은 본인들이 알아서 해야 하지 않을까. 상황에 맞게 하나하나 이루어 가는 것이, 그렇게 둘이 하나하나 쌓아 갈 수 있는 마음의 시작이 결혼이다. 물론 어느 부모건 자식의 결혼 시작이 편안하면 좋겠다는 마음일 것이다. 나 역시 마찬가지이다. 무엇 하나 해 줄 수 없는 게 마음이 아리지만 모든 사람이

결혼을 쉽게 선택했다

그렇게 할 수 없음 또한 현실이다.

젊으니까. 앞으로 살아가기 위해서는 무엇보다 생존력이 중요하다. 사랑해서 결혼을 한다면 현실도 둘이 맞춰 나가야 한다. 이제 부모는 그냥 뒤에서 지켜볼 수밖에 없다. 어차피 평생을 책임져 줄 수는 없다. 우리 자신한테 남은 노후도 너무 먼 길이다.

어쨌든 전남편이 취업을 하면서 한시름 놓게 되었다. 하지만 또 금방 그만둘 수도 있다는 생각에 노심초사였다. 기다려 보자는 마음을 가졌다. 24시간씩 근무와 휴무를 하는 일이었기 때문에 도시락을 점심, 저녁으로 2개씩 싸 줬다. 반찬을 5개씩 싸 달라 해서 5개를 싸 줬고, 간식으로 삶은 계란, 골드 키위, 고구마를 준비했다. 먹을 것만 한 보따리 준비해야 했지만 잠자코 만들어 줬다.

첫 월급날이었다. 얼마를 수령했는지 알고 있었지만, 전남편은 별말 없이 100만 원만 줬다. 25년 만의 월급이라 최소한의 얘기는 할 줄 알았다. 역시 변함이 없었다. 나는 아무 소리도 안 하고 100만 원을 받았다. 다행히 큰 잡음 없이 잘 다녔다.

하지만 100만 원으로는 도시락을 2개씩 싸 주면서 두 사람의 생활비로 사용하기에는 너무 적었다. 전남편은 내가 달라던 100만 원을 주니까 됐다는 식이었다. 그리고 옷은 메이커를 사 달라고 요구했다. 그냥 사 주었다. 가끔 작은아들이 오면 무슨 반찬을 진수성찬처럼 해 주냐고, 형편에 안 맞는 옷을 왜 사 주냐면서 그렇게 하지 말라며 잔소리를 했다.

나는 더 이상 싸우기 싫었다. 단지 언제 서류를 내봐야 하는지만 기다리는 중이라 조심스럽게 상황을 지켜봤다. 이혼을 못 해 준다고 하면 기약 없는 싸움에 돌입해야 할 수 있었기 때문이다. 이혼을 하려면 접수할 때, 재판 때, 신고할 때 총 세 번을 같이 가야 했다. 그중 한 번이라도 안 간다고 말할 수 있고, 계속해서 다툴 힘과 여력도 없었다. 조용하게 할 수는 없겠지만 끝은 내야 했다.

그러던 중 통증 때문에 목욕을 자주 다녔다. 따뜻한 물에 담그면 통증과 붓기가 조금 나아지기 때문이었다. 전남편 왈 "제일 팔자 좋은 여자야! 목욕이나 다니고…. 같이 일하는 다른 사람들 아내들은 대부분 돈 벌러 다니던데. 일도 안 하고 있는 사람을 내가 봐주고 있네…." 뭐 이런 식으로 얘기했던 것 같다. 25년 만에 월급의 반 정도 되는 100만 원을 생활비로 주면서 그렇게 생색을 낸다. 나는 전날 새벽에도 통증이 심해 잠을 이루지 못했었다. 정말 더 이상은 안 되겠다 싶었다. 내가 죽을 것 같았다. 아니, 죽어도 끝내고 죽고 싶었다.

결혼을 쉽게 선택했다

마지막 숙제, 끝을 내다

이틀 뒤, 서류를 식탁 위에 올려 두었다. 그리고는 방에서 나오지 않았다. 어차피 차분하게 말해 봤자 통하는 사람도 아니고, 죽을 때까지 본인이 내게 했던 행동들을 단 하나도 기억하지 못할 사람이었다. 잘잘못은 더더욱 모를 사람이기에 강하게 나갈 수밖에 없었다.

그날 저녁, 이혼 서류를 본 뒤 전남편이 물었다. "왜?! 왜?! 이제 와서~?" 나는 그냥 쳐다보며 듣고 있었다. "그렇게 힘들 때도 아무 말 안 하면서 다 견뎌 내고, 아이들 둘 다 잘되고, 이제 나도 취직했는데, 왜 이제 와서?!" 도저히 이해가 안 가는 듯 화를 내듯이 물었다. 대충 넘기면 되는 것 같았나 보다.

나는 대답했다. "그래서 하자는 거야! 이제 당신한테서 내 일은 끝났으니까." 역시 듣지를 않는다. 계속 본인 말만 한다. "내가 왜 이혼을 당해?! 난 이혼 사유에 해당되는 게 없어!"라고 한다.

"그건 당신 생각이고, 난 결혼 2개월부터 생각하고 결심했었는데 변함이 없어. 33년을 기다리고 버티고 견뎌 냈는데 변함이 없어. 죽어서도 내 이름 옆에 남편이라고 남아 있는 건 싫어.

할 거야! 해야만 해!" 나는 아주 강하게 대답했다. 전남편은 "애들한테도 얘기하고 물어볼 거야. 네 동생들한테도 물어볼 거야."라고 했다.

거기서 '내 동생들이 왜 나오지??'라고 생각했다. 동생들은 항상 전남편에게 예의 바르고 깍듯이 했다. 그게 누구를 위해서 그랬겠나?! 자만심에 본인을 존경이라도 해서 그런 줄 알고 착각하고 있었나 보다. 참 가지가지 한다고 생각했다.

난 단호하게 얘기했다. "마음대로 해! 열흘 뒤에 접수하러 갈 거니까 그렇게 알아!!" 더 이상 얘기할 필요가 없어 방으로 들어와 버렸다. 얘기해 봤자 계속 도돌이표일 게 뻔하기 때문이었다. 밖으로 나가는 소리가 들렸다.

친정에는 얘기 안 한 상태라 동생들에게만 카톡으로 간단히 보냈다. '누나 이혼한다. 혹시 전화 오면 알아서들 대답해.'라고…. 세 동생 모두 알았다며 더 이상 묻지 않았다. 아들들에게도 간략하게 내용을 보냈다. 밖으로 나가서 두 아들에게 전화를 했었나 보다.

전남편은 큰아들을 어려워했다. 그래서 상대적으로 편하게 생각하는 작은아들에게 먼저 전화할 줄 알았다. 하지만 의외로 큰아들에게 먼저 전화를 했다. 나중에 큰아들로부터 들은 얘기였다. "엄마가 이혼 서류를 갑자기 내놓았는데, 말이 되냐?!"라면서 마구 흥분해서 한참 얘기한 뒤, "어떻게 생각하냐? 말이 되냐고~!"라고 말했다고 한다.

큰아들은 단호하게 대답했단다. "해야 한다고 생각해!!" 전남편은 "왜 그렇게 생각하냐? 아니~ 내가 내일 네 회사로 올라가겠다." 큰아들은 "올 필요 없어. 열 번을 올라와도 마찬가지야. 내 대답은 같아." 전남편은 다시 전화하겠다고 했단다. 큰아들은 그때도 역시 "천 번을 해도 마찬가지야. 전화도 하지 마!"라고 단호히 대답했다고 한다.

아마도 전남편은 충격을 받았는지 작은아들에게는 이틀 뒤에 전화를 했었다. 작은아들 역시 같은 대답을 단호히 했고, 이후 전남편은 하루걸러 계속 작은아들에게 전화하고 카톡하고 이해를 못 하겠다며 반복해서 같은 말을 했었다고 한다.

작은아들은 마지막 대답이라며, 그만 얘기하자며 카톡을 보냈다고 한다. 전남편은 나에게 그것을 보여 주면서 이게 말이 되냐며, 화를 내면서도 감탄을 했었다. 그 내용은 "엄마는 아픈 사람이다. 애초에 아팠던 게 아니고 병이 든 것이다. 아빠는 가해자고, 엄마는 피해자다. 가해자는 피해자가 원하는 걸 들어주어야 합의가 된다. 이혼해야 한다." 대충 이런 내용이었다.

아들 모두가 워낙 강경하고 단호하게 나오는 것에 대해 전남편은 화가 많이 났고, 기가 막히기도 했고, 이해도 못 했겠지만, 사면초가였을 것이다. 그렇다고 소송할 껀덕지는 없고…, 나에게 같은 말만 며칠 동안 반복해서 얘기했다.

마지막 방법으로 나는 "내가 많이 아파! 쓰러질지도 몰라. 그래서 일어나지도 못하고 계속 누워 있다면 당신이 병간호할 수 있겠어?"라고 물었다. 대답이 나오는 데 10초도 걸리지 않았다. 버럭 소리를 질러 대면서 "내가 그런 걸 어떻게 해?!"라고 했다. 예상했던 대답이었지만 너도나도 참 한심하다는 생각이 스치며 참 씁쓸했었다. 난 두말하지 않았다. "도장 찍어!!"

그리고 작은아들에게 전화했다. 작은아들은 전남편의 보증금을 바로 입금했고 나는 바로 서류를 접수하러 가자고 나섰다. 전남편은 저런 대답을 얼떨결에 했지만 자기가 생각해도 본인의 모든 면을 보여 주는 것이었다. 자신도 더 이상은 안 되겠다 싶었는지 어쩔 수 없이 따라나서면서 이혼 접수를 진행했다. 재판은 한 달 뒤였다.

그동안 나는 전남편이 이사해서 사용할 생활용품들을 하나하나 챙겨 주었다. 칼, 수세미, 세제 등등 모든 것을 준비해 줬다. 그 와중에도 면도기 하나 더 사 달라, 샴푸도 사용하던 것이 좋으니까 그걸로 두 개 사 달라 등등의 요구를 했다. 그리고 이사 갈 집을 보러 다닐 때 나를 꼭 데리고 다녔다.

결혼 후 이사를 여러 번을 했지만 전남편은 단 한 번도 함께 집을 얻으러 간 적이 없었다. 그래서 본인이 이사할 때 어떻게 해야 하는지는 전혀 모르니 나에게 같이 다니자고 할 수밖에 없었다. 같이 다니면서 계약해 주었다. 이사 날짜는 재판 전날로 했다. 그렇게 한 달이 가고 재판 날이 다가오자 조금 걱정이 되기 시작했다. 전남편은 재판 전날인 이사 날에 비가 온다며 이사를 하지 않았다. 그래도 나는 꾹 참았다. 다음 날이 재판 날이니까…. 다행히 재판까지는 아무 말 없이 가 줬다.

재판 후 나오면서 확인증(?)인가를 주는데 나는 그냥 각자 구청에 제출하는 것인 줄 알았다. 법원을 나오자 갑자기 전남편이 구청을 가지 않겠다는 것이었다. 자기가 심리적으로 불안하고 어쩌고 하면서 신고서는 나중에 제출하겠다고 했다. 나는 순간적으로 머리끝까지 화가 치밀어 올랐고, 나 혼자라도 가서 제출하겠다고 했더니 같이 제출하는 것이라며 그것도 모른다고 오히려 타박을 하는 것이었다. 그 와중에 이런 것들을 알아보기는 했었나 보다. 나는 무조건 구청에 가자고 화를 냈고, 도착해서 보니 방금 전 법원에서 보던 여러 쌍의 부부들이 다투고 있었다.

솔직히 재판 전날에는 내가 나이가 제일 많을 것이라 예상했고, 괜히 창피할 줄 알았다. 아니었다. 의외로 반 이상이 나보다 나이가 많으신 분들이었다. 80세 이상 되신 분들도 있었다. 거기에서 일부 할아버지들이 소리를 버럭버럭 질러 대시며 할머니들을 타박하는 걸 보고는 잠시였지만 많은 생각이 스쳐 지나갔었다.

어쨌든 그렇게 구청에 도착한 후 나 혼자 접수처에 확인서를 내밀었더니 구청에서는 신고서와 함께 3개월 이내에 제출하란다. 그런데 신고서 용지를 보니 써야 하는 내용이 한가득이었다. 본관을 한문으로 써야 하고, 본인 어머니와 아버지 주민등록번호까지 쓰라고 하는 부분이 있었다. 미리 가져다 써 놓아야 했었다.

내가 쓰고 있는 와중에 할머니 두 분이 서로 좀 써 달라고 다급하게 용지를 내미셨다. 옆에 있던 할아버지는 그 용지를 찢어 버리고는 그냥 가 버리시고…. '참! 이런 아수라장이 따로 있을까?!'

전남편은 의자에 앉아 꿈쩍도 안 하며 마음대로 해 보라는 식이었다. 결국 제출하지 못하고 그냥 나왔다. 그때 당시 눈에 염증이 매우 심해서 몇 달째 치료 중이었는데 전혀 호전이 되지 않아 괴로운 중이었다. 집으로 다시 돌아가야 했으나, 눈이 아파 안 되겠다 싶어 "두 시간 안에 짐 싸 갖고 나가!"라고 소리를 지른 후 안과로 향했다.

비가 오고 있었다. 비를 맞으며 걸어갔다. 화도 났지만, 전남편 입장에서는 마음이 좀 그럴 수 있다는 생각에 이해가 조금 되긴 했었다. 진료 후 집에 도착하니 전남편은 이사를 갔다.

큰아들은 일단 눈 치료에 전념하라고 했었고, 작은아들은 걱정하지 말라며 편안히 쉬라고 했었다. 1달이 지났다. 또 1달이 지나가고 있었다. 결국에는 작은아들이 나서 주어 서류를 제출하게 되었다.

서류를 제출한 뒤 구청에서 갑자기 앉았다 가자면서 양 팔짱을 끼고 다리를 꼰 채 앉아 나를 매서운 눈으로 노려보았었다. 무섭고 독한 여자라면서…, 뒤통수를 쳤다면서…. 그 사람의 기준에서는 충분히 그렇게 생각할 수밖에 없었을 것이다. 하지만

결혼을 쉽게 선택했다

몇 년이 걸려 얘기한들 변함이 있었겠는가?! 그렇게 긴 암흑 터널과도 같았던 결혼 생활에 마침표를 찍었다.

이혼 후…

결혼 생활을 평생 혼자 했다고 해도 혼자 늙어 간다는 건 쉽지 않다.

이혼 후 6개월 동안 몸살을 심하게 앓았다. 새벽에 오는 통증은 보통 2~3시간 정도였는데, 이혼하고 나서는 10시간 동안의 통증이 찾아왔다. 5시간 정도의 통증을 견디고 물을 마시기 위해 침대에서 내려오려고 하면 푹 꼬꾸라졌다. 일어날 수가 없었다. 근육과 관절이 없어진 것 같았다. 팔과 다리 힘으로는 다시 일어설 수가 없어 배로 밀고 등을 축으로 밀면서 다시 침대로 올라갔다. 침대로 올라간 뒤에는 다시 5시간 정도 통증이 찾아왔다.

이렇게 이혼 후유증으로 한 달 이상을 누워서 지내야만 했었다. 이렇게 심하고 긴 통증은 처음이었다. 그리고 6개월 이상 계속 악몽을 꾸었다. 잊고 있었던 수많은 사람들의, 그리고 친구들의 꿈을 꾸었다. 처음으로 잠꼬대도 계속 해 댔다.

꿈에서는 '아! 이 친구도 있었구나.' 하는 친구도 있었고, 하다못해 30년 전쯤 뵈었던 돌아가신 큰어머니(20년 전쯤 돌아가셨다.)까지 꿈에 나타날 정도였다. 내가 알았던 모든 사람들을 꿈

결혼을 쉽게 선택했다

에서 다시 만났었다. 아들들이 어렸을 때 꿈도 계속 꾸었다. 마치 까마득하게 잊고 살았던 결혼 전 내 인생도 있었음을 기억시키기라도 하듯이 말이다.

사실 이때까지 잠꼬대는 해 본 적이 없었다. 그런데 이혼 이후 잠꼬대를 하면 계속 소리를 질러 댔고 욕도 했다. 그리고 악도 쓰고, 중얼거리고…, 잠결에도 "내가 뭐라는 거야?" 하면서 말이다. 1년 이상은 지속되었던 것 같다. 몇 십 년 동안 누구에게도 얘기하지 못하고 살아온 것들에 한이 맺혀서인지…, 꿈을 꾸는 와중에도 그렇게 혼자 지껄였던 걸까?

이혼을 하고 1년 정도 지난 후 작은아들이 글을 써 보라고 권유했다. 글을 쓰는 것에 대해 공부를 하거나 배워 본 적은 없었다. 그냥 꾸준히 일기를 학창 시절부터 써 왔고, 책을 좋아하고, 영화를 좋아하고, 그리고 늘 생각하는 습관이 있었을 뿐이다. 일기 쓰듯이 써 내려갔던 수필이 작은아들 회사 사보에 실리고 뽑힌 경력이 전부다.

6개월의 고민 끝에 시작한 이 글은 쉬다가 다시 쓰고, 다시 쉬다가 다시 쓰고…를 반복하다 보니 2년이 넘어갔다. 나의 삶에 대한 이 글은 부풀린 것도, 거짓도 없다. 그저 가족들도, 친구들도 전혀 몰랐던 나의 삶에 대한 이야기다.

아들들은 "이혼했으니까 다 끝났잖아!" 한다. 맞는 말이기도 하다.

하지만 손가락의 작은 상처도 일주일은 걸려야 낫는다. 약을 바르고 밴드를 붙여야 한다. 깊고도 깊은 내 마음속 상처는 어떻게 치유해야 할까?? 하지만 이제는 사랑도 꿈꿀 수 없는 나이다. 그리고 아픈 나의 몸이 현실로 다가와 느껴질 때면 서글프기도 하다. 결국 나 스스로 치유하며 살아가야 한다.

지난 일에는 아무 생각도 하지 않으려, 감정도 갖지 않으려하면서 비우고 덜어 내려고 노력한다. 하루 종일 마주 보이는 벽과 함께 놓여 있는 TV를 켜 놓고 말소리를 들으며, 이따금씩 숨을 크게 쉬어 보곤 한다. 숨이 쉬어지고 있음에 감사하고, 생계의 수단으로 필요한 돈을 주고 있는 아들들에게 고마워하고, 그 걱정을 안 하고 있다는 것에 또 감사하고, 2년여 동안 큰 통증이 없다는 것에도 감사하고….

돌이켜 보면, 나는 나의 인생을 실패했다고 생각했었다. 자식을 신념으로 생각하고 죽을힘을 다해 열심히 버텨서 살아 내었다. 하지만 어느 순간 성공한 인생이 되어 있었다. 주변 사람들이나 친구들에게 일상생활을 얘기하면서 아이들 얘기를 했더니 자랑질이나 한다고, 아들 둘 다 엄마한테 어쩜 그렇게 살갑게 잘한다거나 하면서 부러움을 사고 있었다. 그리고 두 아들이 함께 꼬박꼬박 주는 생활비 덕분에 언젠가부터는 돈 걱정을 안하고 있었다. 그랬다.

두 아들들이 너무나 잘 자라 주어 멋진 남자가 되어있었다. 엄마에게는 다정하고 애틋한 아들들이다. 타인에게는 존중과

120 　　　　　　　　　　　　　　　　　결혼을 쉽게 선택했다

배려를 알며 좋은 직장에 책임과 명예를 지키며 열심히 살아가
고 있다. 이젠 아들들이 날 지켜 주고 있다.

5장

그래도
결혼은
선택해
보는 것

살아가면서 수많은 선택들을 해야 한다. 아주 가벼운 선택에 서부터 인생이 걸린 중대한 선택까지 말이다. 그 순간에는 중요하게 생각하지 않았던 선택이 큰 실패로 돌아오거나, 중요하게 선택했던 일이 별일 아니었음을 세월이 지난 후에 깨달을 수도 있다. 선택 속에서 고민하고, 후회하고, 실수하고, 실패하고, 성장하고, 성공하며 살아가는 게 인생이다. 지금 이 순간에도 말이다.

그동안 세상이 정말 많이 변했다. 특히 사회 전반적으로 관념이나 의식이 급격하게 변한 것 같다. 결혼과 출산을 선택할 수 있다니 말이다.

나의 결혼 생활 이야기가 불과 30년 전 일이다. 그리 오래된 일은 아니지만 나의 이야기가 옛날 옛적의 이야기처럼 읽힐 수 있다는 것에 실소가 난다.

당시에는 30세 이전에 반드시 결혼을 해야 했다. 그리고 결혼 후 출산을 하는 것이 일반적인 수순이었다. 물론, 극소수는 직업을 선택하고 결혼을 하지 않을 수도 있었지만 정말 극소수의 사람에 불과했다. 부모님의 우려와 독촉, 그리고 무엇보다 결혼하지 않는 사람들에 대한 사회적인 시선이 곱지 않았다. 또 결혼과 육아 등으로 30세가 넘은 여자가 직업을 유지하는 건 쉽지 않았다.

내가 젊었을 때는 결혼을 무일푼으로 시작하는 경우가 많았고, 자식들과 함께 차츰 나아지는 가정을 꾸려 나가던 시대였다. 지금처럼 많은 것을 갖춘 채로 시작하는 부부는 드물었다. 부모님들의 도움도 대부분 받지 못했다. 그리고 이런 것들을 당연하다고 생각했다. 그래도 남자들의 외벌이로 알뜰살뜰 돈을 모아 대출과 분양으로 거주 공간을 마련하는 부부가 많았다. 아이들 교육을 시키면서 살아도 그렇게 불행하다는 생각을 하지 않았던 것 같다. 아마도 다들 비슷한 상황이다 보니 비교할 필요가 없어 그랬던 것 같기도 하다.

그래도 돌이켜 보면, 나는 다음 생에 결혼은 절대 하지 않을 거라고 수시로 되새겼었다. 경제적인 이유 때문이 아니라, 결혼한 순간부터 결혼에 대한 모든 꿈은 환상에 불과했다. 남편이라는 사람과의 결혼 생활에서 행복을 느껴 본 적이 없었기 때문이다. 그저 후회의 연속이었다. 외롭지 않으려 결혼을 선택했건만, 오히려 더욱 외로워졌을 뿐이었다. 그리고 나의 인생도 없어졌었다. 너무 일찍 결혼을 해서 그런지, 아들들처럼 '좀 더 젊음을 누렸었다면…' 하는 아쉬움이 항상 있다.

사랑이라는 감정에 푹 빠졌을 때는 사랑만 했으면 좋겠다. 결혼이라는 것과 바로 연관 짓지 말자. 사랑이라는 감정에 너무 휘둘리지 않고, 열정이라는 명목으로 덮지도 말고, 한 번뿐인 열정이라 한들 영원할 수 없는 것이 열정이다. 열정은 꺼지기 때문에 열정이다. 조건이라는 불확실함에도 너무 빠지지 말자. 조건은 상황에 따라 언제든 변할 수 있다.

편안하며 가장 좋은 친구가 될 수 있는 동반자로서 나에게 맞는 사람을 만난다면, 결혼을 해도 되겠다는 생각이 든다. 가장 친한 친구는 매일 만나도 좋다. 나보다 나를 잘 알고, 나도 친구를 눈빛만 보아도 잘 안다. 크게 다투고 나서도 서로를 결국 이해한다.

나에게 맞는 이를 찾으려면 나 자신을 잘 알아야 한다. 나 자신을 착각해서도 안 되고, 과대평가해서도 안 되고, 자존감 낮은 상태도 안 된다. 내가 어떤 사람인지 먼저 나를 찾아내야 한다. 나를 찾아야 상대를 찾을 수 있다. 서로가 끊임없이 얘기해도 즐겁고, 또 아무런 얘기를 하지 않고 손만 잡고 있어도 편안하다면 확실한 것 같다.

결혼은 언제 하느냐가 중요한 것도, 단순히 자식을 원해서 하는 것도 아니다. 지금 경제적인 능력이나 정신적인 부담으로 결혼을 선택하지 못하고 있다면 더욱 진중하게 생각해 보길 바란다.

60세 이후의 노년이 너무 길어졌다. 30, 40대는 혼자만의 삶도 괜찮다. 혼자 할 일도 많고, 할 것도 많다. 여행도 혼자 다녀도 괜찮다. 나 역시 그때로 되돌아간다면 혼자의 삶을 최대한 누려 보고 싶다. 단, 독립하여 직업이 있고 생계 걱정에서는 벗어난 상태로 말이다. 30, 40대는 인생의 황금기이다. 공부도 계속 열심히 하고 싶을 수도, 여행도 끊임없이 많이 다녀 보고 싶을 수도, 새로운 일에 도전도 해 보고 싶을 수도, 많은 사람들을

결혼을 쉽게 선택했다

만나고 싶을 수도, 책도, 영화도, 연극도 원 없이 보고 싶을 수 있고 그런 것들을 할 수 있다. 사랑과 이별에서도 성숙해질 수 있다.

혼자 살아도 괜찮다. 좋다. 나의 젊은 시절과는 다른 세상이니까…. 그렇지만 그 과정은 내 동반자를 찾는 과정이었으면 한다.

요즘 나에게 드는 생각은 믿음이 굳건하고 작은 불편함도 느껴지지 않는 편안한 사람을 만난다면, 가장 가까운 친구로서 인생을 동행하는 게 가장 큰 행복 중 하나가 아닐까 한다. 제일 가까운 친구라는 건 많은 의미를 지닌다. '소울메이트'라고도 하지 않는가?

결혼을 선택할 수 있는 지금의 젊은이들은 당신에게도 노년이 꼭 온다는 것을 한 번쯤 상기해 보길 바란다. 노년에는 친구들도 옆에 없을 수 있고, 결혼 없인 가족도 있을 수 없다.

그리고 결혼이라는 선택을 성급하게 결론짓지 않았으면 좋겠다. 결혼은 부담이 아니라 나를 채워 줄 수 있는 사람과 함께 나누며 동행하는 가장 큰 행복을 줄 수 있는 일이다. 나처럼 성급하게 잘못된 선택을 하지도, 너무 늦어서 선택의 기회조차 없어지지 않았으면 좋겠다.

6장

엄마
라는
선택

임신과 모성애

　대부분의 인간관계는 상호 관계이다. 일방적인 관계는 잘못된 관계라고 할 수 있다. 돈이 더 많다고 해서, 지위가 더 높다고 해서, 본인이 더 잘났다고 해서 나타나는 일방적인 관계, 흔히들 말하는 갑질의 관계는 인간을 파괴시키는 행동이다. 계속 반복된다면 끊어 내야 하는 관계이다.

　세상에서 유일하게 순수한 관계로서, 일방적인 관계라고 할 수 있는 관계는 엄마와 자식 간 관계이다. 그리고 엄마라는 선택은 여자만 가질 수 있는 유일한 행운이고 행복이다. 또 아이를 키우는 과정에서 오히려 나 자신이 아이보다 더 성장하고 나은 사람이 될 수 있다.

　언젠가 작은아들이 나에게 물어본 적이 있다. "엄마, 자식은 힘들게만 하는데 왜 낳아?"라고 물었었다. 나는 "그러게~ 10가지 중에서 9가지가 힘들고 어렵고 마음 아프고 속상하게 만드는데, 나머지 한 가지가 주는 기쁨과 행복감이 9가지를 상쇄시키거든!"이라고 대답했었다.

　키우는 내내 예쁘기만 하고 기쁘기만 하고 뭐 그럴 수는 없다. 괴로울 때도 있고, 부부 사이가 안 좋으면 더욱 힘들고 미울 때도 있다. 그래도 한 번씩 '언제 이렇게 자랐지?' 하는 마음이 들도록 의젓할 때가 있고, 나를 위로해 주어 눈물이 날 때도 있고, 중학교·고등학교·대학교에 입학할 때 뿌듯함도 들게 해 주고, 어른이 되어 회사에 입사할 때도…. 자식이라는 것은 순간 순간 정말 크고 작은 기쁨들과 행복들을 듬뿍 안겨 준다.

사실 첫 임신 때는 다른 사람들이 말하는 것처럼 엄청 기쁘다거나, 엄청 좋다거나… 뭐 그렇지는 않았다. 뭐랄까? 좋아해야 하는데 잘 모르겠고, 기쁜 것 같은데 어리둥절하고…, 아무튼 생각했던 것과는 좀 다른 마음이었다. 아마도 아빠가 되는 사람도 마찬가지일 것이다. 아니, 더욱 그러할 것이다. 본인 몸에서 일어나는 일이 아니기도 하고, 엄청 기뻐하는 것처럼 행동해야 하고 좋아해야 하지만, 그보다 먼저 책임감이 어깨에 얹어지는 것이 느껴질 것이다. 사실 그것이 솔직한 마음과 감정들일 수 있다.

내가 첫아이를 출산한 후 임신한 친구가 "임신하면 기뻐해야 하는데 나는 아무런 감정이 없어. 아무런 감정이 들지 않아. 내가 모성애가 부족한 걸까?"라며 걱정스레 물어 왔던 적이 있다. 대부분 그렇다. 그때 나는 "괜찮아. 낳고 나서 내 옆에 아이가 있으면 그 모든 것을 느낄 수 있어. 나도 그랬어. 걱정하지 마!"라고 대답했었다. 모든 사람들이 이런 것은 아니겠지만 많은 아기 엄마들은 이런 감정에 공감될 것이다.

임신 후 입덧이 시작되면 괴롭고 힘들기 시작한다. 속이 메슥

거린다고 표현하기에는 너무 부족하다. 어떨 때는 토하다 못해 변기통을 끌어안고 지내야 하고, 음식 냄새가 코에 스칠 때면 순간 짜증이 속에서부터 밀려오곤 한다. 그리곤 화장실로 달려 간다. 그런 상태가 두 달 이상 되면 지치고 견디기 힘들다. 그러 다가 어느 순간 입덧이 멈추고 태동이 느껴진다. 엄청 신기하지 만 또 걱정이 앞선다. '이게 괜찮은 걸까?' 매번 병원에 달려가고 싶지만 한 달에 한 번 오라고 하시니 참는다.

순간순간이 걱정되고 배가 불러오면서부터는 내 몸이 내 몸 같지 않다. 혼자일 때처럼 반응하며 움직이고 싶어도 바로 일어 서는 게 힘들다. 힘들어서 누우면 그조차도 불편할 때가 많다. 옆으로 누워도 힘들고, 똑바로 누우면 더 힘들다. 종아리도 퉁 퉁 붓기 시작해서 팔자걸음으로 걷기 시작하고, 손은 자연스레 허리 뒤로 돌아가서 허리를 받치는 건지, 배를 받치는 건지….

그 상태에서 어느 날 전신 거울 속의 나를 발견할 때면 '악!' 소리가 난다. 보름달만 한 얼굴과 두 배는 두꺼워진 목, 그리고 남산만큼 부른 배와 다리는 쩍 벌려져 있고…, 기절할 노릇이 다. 배가 점점 불러오면서 소변 때문에 화장실을 들락거리지만 움직임이 내 마음 같지 않아 급하게 가도 늦을 때가 있다. 식욕 이 폭발해서 많이 먹지만 이상하게 변비가 계속된다. 또 한 번 앉았다 일어설 때마다 대장정이다.

흔히 엄마들이 "너를 배 속에 열 달을 품었다 낳았어."라고 화 를 낼 때가 있는데, 말처럼 단순하게 '낳았다'라는 의미가 아니다. 첫 달부터 낳을 때까지 열 달 내내 힘들고 괴롭다. 매달 다른 상태로 지치게 한 뒤 마지막 산통이라는 제일 큰 고통과 마주하면서 엄마라는 사람 앞에 나타나는 것이다.

그렇게 태어나 나의 가슴에 처음 안겼을 때의 느낌은 환희 그 자체이다. 이때 느꼈던 환희는 지난 열 달을 모두 보상해 주고도 남는다. 엄마들이 힘든 기억을 가지고도 둘째를 갖는 이유다. 나는 첫아이 때 몸이 안 좋은 상태에서 목숨을 걸고 아이를 낳았다. 과정이 남들과 달리 힘들었지만 탄생 후의 마음은 다른 엄마들과 같았을 것이다.

나는 가장 신기했던 게 손톱과 발톱이었다. 보이지 않는 몸속의 내장은 잘 모르겠고 어떻게 손톱, 발톱까지 이렇게 생겨서 나올까?! 싶었다. 너무 신기했고 경이로웠다.

그렇지만 다시 배 속에 넣고 싶을 정도로 임신보다 더 힘든 육아가 시작된다. 잠도 못 자고 하루 종일 앉을 새도 없이 동동거리면서 할 일이 태산이다. 아마도 나 자신이 태어나서 처음으로 누군가를 위해 가장 많은 일을 계속해야 한다. 그러던 어느 날, 아이가 엄마인 나를 알아보기 시작하며 눈만 마주치면 "까르르~" 방긋 웃기 시작하는데 지친 몸이 눈 녹듯이 사라진다. 그리고 대답 없는 메아리에 혼자 얘기를 하기 시작하지만 아이로부터 대답을 듣고 있는 것처럼 느껴진다.

그러다 감기라도 걸려 밤에 기침이라도 할 때면, 밤을 꼬박 새우는 건 둘째 치고 콜록거릴 때마다 애간장이 끓는다. 어쩌다

설사라도 하면 가슴이 철렁 내려앉으며 눈앞이 캄캄하다. 이렇게 엄마라는 존재는 자식에게 모든 감정이 쏟아진다.

배 속에서 열 달이라는 기간을 함께 고통과 괴로움을 견디고 먹는 것과 감정을 공유하면서 마음을 나눠 갖기 때문이다. 이런 점 때문인지는 몰라도 모성애라는 건 분명히 있고 아빠가 느끼는 부성애와는 다른 것 같다. 부성애는 태어나는 순간부터 키워 가면서 자식임을 더욱 느끼고 책임감이라는 감정이 모성애보다 큰 것 같다. 물론 모든 사람이 같을 수 없기에, 어떠한 경우에도 예외인 사람은 있다. 그래서 태교가 정말 중요한 것이다.

아기 아빠는 물론 모르는 사람일지라도 임신한 엄마들을 축하하고 배려하는 것은 당연한 일이다. 한 생명을 잉태하여 힘듦을 견뎌 내고, 큰 고통을 겪으며 탄생시켜 세상 속의 한 인간으로 성장시키는 것은 대단한 일이기 때문이다.

나는 나 자신이 엄마라는 선택을 했다기보다는 아들들이 나를 엄마로 선택했다는 생각을 아이들이 커 가면서 하게 되었다. 나를 엄마로 만들어 주었다. 결혼의 선택이 잘못되었고, 너무도 큰 대가가 필요했지만 아들들이 나를 선택해 준 것에 대해서는 결혼을 통해 얻은 유일한 행운이라고 생각한다.

아이들은 세상에서 가장 귀한 선물이다. 그런 아이들을 책임져야 하고 한 인간으로 키워 내야 하는 엄마는 그들이 나의 욕심이어도 안 된다. 그리고 나의 기준이어도 안 된다. 더욱 중요한 건 다른 이들을 무작정 따라가서도 안 된다.

육아는 차라리 임신 때가 낫다고 생각이 들 정도로 힘들 때가 많다. 돌이 지나면서부터는 차라리 몸이 힘들고 지쳐도 아기 때가 좋았다는 생각이 들기도 한다. 아기 때는 엄마의 따뜻한 눈빛과 사랑이 담긴 마음으로 먹여 주고, 재워 주고, 씻겨 주면 된다. 나만 바쁘고 힘들면 된다.

하지만 기어다니고 발자국을 떼기 시작하면서부터는 상황이 달라진다. 특히 남자아이들은 걷지를 않는다. 서서 한 발자국을 떼기 시작하면 그다음 날부터는 하루 종일 뛴다. 방부터 거실, 주방을 하루 종일 빙글빙글 돌며 뛰어다닌다. 그냥 뛰는 것도 아니고 소리를 질러 대면서 뛰어다닌다. 조금 뒤에는 장난감이나 칼을 쥐고 소리를 지르면서 뛰어다니는 건 기본이고, 올라갈 수 있는 곳은 다 기어 올라가려고 한다. 엄마의 인내심을 시험하는 것 같다.

이때부터 고민이 시작된다. '대체 어떻게 키워야 하는 걸까?' 결혼도 준비가 되어야 하듯, 부모도 마음의 준비가 되어야 한다. 돌이 지나면서부터 애착심, 자존감, 사회성 등 많은 인성들이 형성되기 시작한다고들 한다. 모든 말귀를 알아듣고 눈치도 보기 시작하니 그런 과정이 시작되는 게 맞는 것 같다. 아기지만 어떤 면에서는 아기가 아닌 것이다.

큰아들을 키울 때 일이다. 5~6개월쯤 퍼즐을 시켜 봤더니 얘가 척척 하는 것이었다. 그래서 더 어려운 조립을 시켜 봤더니 또 척척 하는 것이었다. '우와~ 얘 천재인가 봐!'라고 생각하고 영어 테이프를 틀어 주었다. 두세 번 틀어 주었더니 박자 하나 안 틀리고 따라 하는 것이었다. 속으로 '천재가 확실해!'라고 생각했었다. 그래서 그림 그리기 등 여러 가지를 사서 시켰었다. 다 잘하는 것이었다. 엄청 흥분했었다.

시간이 지나 둘째가 태어났다. 둘째 아이를 키우는 데는 확실히 여유가 있었다. 기침을 해도 기다릴 수 있었다. 그리고 병원을 언제 가야 하는지 알고 있다. 설사를 해도 크게 놀라지 않고, 변의 색깔을 보고 판단한다. 그러던 어느 날, 둘째가 형이 가지고 놀던 퍼즐을 4개월 때 척척 맞추는 것이었다. 영어 테이프도 한 번 듣고 따라 하는 것이었다.

이때 알았다. 때가 되면 모든 아이들이 다 할 수 있는 거라는 걸. 착각을 내려놓았다. 오히려 둘째 아이는 형이 있어서 두 배로 빨리 습득했다. 큰아이는 혼자 놀면서 스스로 개발하고 터득해야 하는데, 둘째는 형의 노하우를 배운 데다 태어날 때부터 형이라는 경쟁자가 있는 상태라 생존력이 강하다. 훨씬 영민할 수밖에 없는 것이다. 속된 말로 조금 더 약았다고 해야 하나? 뭐 그런 것 같다. 게다가 사랑을 받는 대상도 부모 이외에 형이라는 존재가 있으니 훨씬 밝고 천방지축인 것 같았다.

그래서 아이 둘을 키워 봐야 자식에게 집착하지 않고, 착각하지 않으며, 좀 느긋하고 너그러운 엄마가 되지 않을까 하는 생각이 든다. 이 녀석이 못하는 건 저 녀석이 잘하고, 저 녀석이 못하는 건 이 녀석이 잘한다. 물론 이것은 나의 생각일 뿐이며, 다들 각자의 상황이나 해석에 따라 다르게 생각할 수 있을 것이다.

내 교육 신념

나는 내가 어렸을 때 엄마와의 관계에서 생긴 마음의 상처, 무관심이나 여러 가지 상황들(아버지와 엄마는 늘 다투셨다.) 에서 받은 스트레스나 다친 마음들을 생각하면서 그렇게 하지 않으려고 노력했다. 그리고 두 아들을 절대 비교하지 않았다. 결코 같을 수가 없기 때문이다. 또한 행동의 잘못에는 야단을 쳤지만 상황의 잘못에는 이해하려 했고, 단점을 지적하면서도 상처를 주지 않으려고 노력했다.

무엇보다 공부로 아이들의 인생을 승부하려 하지 않았다. 초등학교 때는 공부 관련 학원을 보낸 적이 거의 없었던 것 같다. 물론, 작은아이가 좋은 성적표를 갖고 올 때는 좋았다. 몰래 남동생들한테만 전화해서 자랑하곤 했었다. 하지만 큰아이가 보는 앞에서는 칭찬하지도 않았고 무관심한 척했다. 큰아이는 작은아이보다 훨씬 넓고 깊은 인성을 가졌다. 이것은 큰아이만의 장점이라는 걸 인정했고, 공부는 본인이 해야 한다는 생각도 가지고 있었다. 1등은 1명뿐이고 모두 1등을 만들 수는 없다. 그래서 공부를 강요하지 않았다. 또 뭐 하지 마라, 뭐 해라, 이래라저래라 같은 차단성 행동도 거의 하지 않았다.

　　　　　　　　　　결혼을 쉽게 선택했다

자식들은 통제하지 못할 시기가 분명히 온다. 스스로 옳고 그름을 판단할 수 있게 하려면 많은 경험을 해야 한다고 생각했었다. 하지만 아이들을 방치하는 게 아니라 항상 주변에서 주의 깊게 바라보았다.

어차피 엄마의 계속되는 잔소리는 듣지 않는다. 계속되는 잔소리는 아이들에게 스트레스만 줄 뿐이다. 오히려 엄마를 우습게 볼 수도 있다. 나는 나 자신이 워낙 고지식하기도 하고 궤도에 벗어난 행동을 해 본 적이 없다. 그래서 내 아이들 역시 잘못된 행동은 하지 않고 바르게 자랄 것이라는 확신과 믿음이 있었다. 의심을 하지 않다 보니 그 마음이 아이들에게 잘 전달되었던 것 같다. 대부분 본인 스스로에게 맡겼고, 나는 확인만 하였다. '잘못했으면 학교에서 혼나야지 뭐~'라며 생각했었다.

물론 언제든지 도움을 청하고 얘기할 수 있는 편안한 엄마는 되어야겠지만, 내가 많은 부분을 허용하고 제재를 하지 않는 편이어서 그랬는지 두 녀석은 거짓말을 하지 않는다. 아이들은 '뭘 얘기해도 크게 잘못한 거 아니면 우리 엄마는 대부분 쏘쏘니까…' 하는 생각을 가졌던 것 같다.

무언가를 가르쳐야 할 때는 다른 엄마들에게 휩쓸리지 않으려 했었다. 시기마다 필요한 것이 무엇일까를 고민하면서 선택했었고, 한번 선택한 것은 쉽게 그만두지 않았다. 시작하기 전에 깊게 생각하되, 시작하면 되도록 끝까지 시키려고 노력했다.

내 자식이다. 천금 같은 내 자식이다.

내 자식이 어떻게 자라서 어떤 인간이 되는 것이 중요하다고 생각하는지에 대해서 엄마가 먼저 생각해 봐야 한다. 살아가면서 어떤 것을 중요시 여기며 살아가야 하는지. 사회에 발을 딛는 것은 금방이다.

나의 품에 있는 것은 20년도 되지 않는다. 그 기간 동안 인간으로서 지켜야 할 도리나 인격, 인성 등을 심어 주는 기간은 불과 5~6년밖에 지나지 않는다. 이때의 잘못된 인성은 평생 상처가 될 수 있고 어른이 될 때까지 유지될 수 있다. 나머지 15년은 좋은 대학교에 보내는 것보다 바르게 살고 훌륭한 어른이 되어 가는 길을 닦아 주는 중요한 기간인 것이다.

그래서 엄마는 어떤 존재여야 하는지 부모가 되기 전에 깊이 생각해 봐야 한다. 또 부부가 같은 가치관으로 같은 방향을 가는 것이 정말 중요하다.

사랑이 많고 건강하며 좋은 인성을 가진 아이로 키우느냐, 공부를 잘하고 많은 대접을 받는 게 중요한 아이로 키우느냐, 옆집 아이보다 모든 면에서 나은 아이로 키우느냐 등 부모가 무엇을 중요시하며 여기며 키우느냐에 따라 아이는 그렇게 자라난다.

엄마라는 존재에 대한 고민이 끝나면 신념을 갖고 키우는 것이 중요하다. 변하지 않고 지켜 줄 수 있는 고목나무 같은 엄마

결혼을 쉽게 선택했다

말이다. 나 역시 그런 엄마가 아닐 수 있다. 그런 엄마도 아닌데 주제넘게 얘기하는 것 같지만 아이를 키우는 것은 절대 되돌릴 수 없는 일이다. 그리고 한 인생을 완성시키는 일이기에 엄마의 신념만큼 중요한 게 없다고 생각한다.

지난 삶의 후회, 회환들

두 아들이 모두 35살이 넘은 나이지만 아직도 애간장이 녹을 때가 있다. 또 후회도 많이 된다. 어렸을 때 해 주지 못한 것들과 잘못했던 것들이 가끔씩 생각나기 때문이다. 그리고 그 일들이 지금도 영향을 주는 것 같아서 더 마음이 아프다. 내가 좀 더 밝게 대해 줄걸…, 짜증 내지 말고 좀 더 신경 써 줄걸…, 그리고 돈이 없어서 못 해 줬던 것들…, 수도 없이 많다.

하지만 늦었다. 모든 것은 때가 있는 법이다. 그래서 더 후회된다. 현재 또는 미래의 부모들에게 도움이 되었으면 하는 마음에 나의 후회들과 잘했다고 생각하는 부분들을 적어 보려 한다. 하지만 이러한 것들을 얘기하기 위해선 나의 과거를 말하는 게 순리라는 생각이 들어 몇 글자를 적어 보려고 한다.

나의 부모님은 내가 어릴 때부터 끊임없이 다투셨다. 80이 훨씬 넘은 지금도 그러시다. 나와 동생들은 자주 불안해하고 눈치 보면서도 천진난만했다. 그런 와중에도 아버지는 엄마의 몫까지 다정하고 자상한 부모의 역할을 해 주셨다. 당시에는 연필을 깎아 써야 했는데, 일주일에 한 번씩 아버지는 꼭 우리들

결혼을 쉽게 선택했다

의 필통에서 연필을 꺼내 예쁘게 깎아 주시곤 하셨다. 그리고 학교에서 새 책을 받아 오면 포장지로 예쁘게 각을 잡고 포장해 주셨다.

아버지는 중·고교 6년 동안 새벽 일찍 등교하는 나를 위해 버스 정류장까지 매일 가방을 들어다 주셨었다. 버스 정류장까지는 꽤 멀었었다. 딸을 안타깝게 보내고 다시 집으로 돌아가셔서 출근 준비를 하셨다. 나중에 내가 아이들을 키워 보니 새벽 일찍 일어나 하루도 빠짐없이 가방을 들어다 준다는 건 쉬운 정성이 아님을 깨달았다.

중학교나 고등학교에서 행사를 할 때는 애지중지하시는 카메라를 꼭 갖고 오셔서 사진을 찍어 주시곤 하셨다. 엄마의 빈자리를 메워 주신 것이다. 워낙 정직하시고 올곧으신 분인지라 말씀도 거의 없으셨는데, 자식들한테만큼은 정말 자상하시고 다정하셨다. 이런 아버지 덕분에 나와 동생들이 그나마 구김 없고 바르게 자랄 수 있지 않았나 싶다.

지금 돌이켜 보면 전남편은 가정이라는 자체를 제대로 인식하지 못했던 것 같다. 남편이라는 자리가 어떤 자리이고 어떤 역할을 해야 하는지, 아빠라는 자리가 어떤 자리이고 아이들에게 어떻게 해야 하는지 인식하지 못하고 있었다. 그냥 때가 되면 좋은 여자를 선택해 아들을 낳고 대를 잇는 것이 결혼의 이유라고 생각한 것이 아닐까 싶다. 살림과 육아 모두 부인이라는 여자가 담당하는 것이라고 생각했던 것이다.

모를 수도 있고, 그렇게 생각할 수도 있지만 가정에서 필요한 역할을 배우려고도 하지 않았다. 무엇보다 어떤 것들이 잘못되어 있는지를 모르는 채 결혼 전의 상태처럼 가정에서도 본인 자신만 존재하려고 했었다.

지금도 이 부분에 대해서는 아이들에게 미안하다. 당시 아이들은 이해하지 못하는 부분들로 인해 걱정도 많았다. 내가 두 배로 모든 것을 도맡아 잘 챙겨 주고 교육시킨다 해도 아빠라는 자리의 역할이 있기 때문이다. 대신 일찍이 내가 그 사람을 포기했기에, 싸우거나 잔소리하는 일이 없어서 다행히 아이들은 싸우는 모습이나 화내는 모습을 본 적이 별로 없다. 그래서 사이가 좋은 줄 알았을 것이다.

하지만 정작 나 자신은 혼자 걱정하고 고민도 많았다. 아빠에게 받아야 하는 부분을 받지 못해서 나도 모르는 상처가 아이들에게 생기지 않을까 하는 걱정들 말이다. 또 받지 못하는 부분은 아이들이 잘 모른다 해도 커 가면서 아빠의 모습에서 마음의 상처가 되지 않을까 하는 걱정이 가장 컸다.

그렇지만 나의 어린 시절을 되돌아봤을 때, 엄마의 다정함을 느끼지 못하고 자랐어도 아버지의 따뜻함과 자상함이 그것들을 채워 주었다. 아들들도 그러리라 확신하고 친근하고 편안한 엄마가 되기 위해 두 배로 노력했다. 오히려 자라나면서 스스로 상처들을 이겨 내고 성숙해질 것이라고 생각했었다. 그리고 아빠라는 자리를 갖게 되었을 때 본인들의 부족한 점을 채우려고 노력하는 아빠가 될 수 있다고 믿었었다. 나 자신이 그랬었다.

경제적인 능력은 나의 한계치를 넘을 수 없어서 중학교 이후에는 평범한 가족들에 비해 챙겨 주지 못했다. 매 순간 가슴이 아팠고 고등학교 이후에는 이런 점이 더 크게 다가왔다. 하지만 두 녀석은 경제적인 부분이 본인들의 잘못이 아님에도 무시나 자존심이 상하는 일이 많았을 테고 그로 인해 더욱 이를 악물고 노력했던 것 같다. 그래서 그런 부분들은 견디고 살아왔기에 지금의 자리에 서 있고 마음이 훨씬 깊다. 하지만 엄마로서 그 모든 것을 지켜봤고 느껴 왔기에 자식들보다 훨씬 더 속상하고 눈물을 삼켜야만 했었다. 경제적인 지원을 못 해 줘서 잘 해낼 수 있을까, 비관하거나 포기하지 않을까, 그래서 시기를 놓쳐 어려운 사람이 되지 않을까 등등 많은 고민과 걱정을 했었다.

하지만 두 녀석을 위한 나의 신념은 확고했다. 그들을 위한 내 삶은 주저 없이 당연한 것이었기에 전업주부가 과감하게 식당으로 갔고, 김밥을 말았고, 정육 코너에서 고기를 팔면서 최선을 다했다. 아들들도 나를 믿었지만 나 자신도 나를 믿었다.

두 아들 모두 순한 편은 아니다. 오히려 만만치 않다. 하지만 말 한마디 한마디가 다정하고 엄마와 고기라도 먹을 때면 잘라서 접시 앞에 갖다준다. 전화 통화는 자주 못 하지만 서로의 일을 얘기하고 공유한다. 사회적인 성격으로는 아마 별로 말도 없고 조금은 차갑다고 느껴질 수 있는 아이들이겠지만, 가정적인 성격은 자상하고 따뜻한 남자가 되었다. 연애할 때보다 결혼하고 나서 더 좋은 남편감일 것이다.

나는 커다란 길잡이만 제대로 해 주면 된다고 생각했다. 양쪽 부모가 모두 키운다고 해서 반드시 잘 자라는 것은 아니다. 한 부모라고 해서 잘못되는 것도 아니다. 어느 쪽이든 어떻게 키우느냐가 더욱 중요하다. 본인의 몫을 잘하고 살아 나가도록 해야 한다.

아들들의 나이가 35살이 넘었지만. 지금도 잘못된 것들은 반드시 지적해 준다. 둘 다 조용히 끄덕이며 듣고 새긴다. 엄마는 영원히 엄마이다. 엄마만이 잘못된 점을 제대로 얘기해 줄 수 있다. 내 자식이라고, 남의 자식을 나쁘게 만들면 안 된다. 편협하지 않고 오히려 더욱 공정하고 냉정해져야 한다. 사실 나도 어렵다. 하지만 그렇게 하는 것이 내 자식을 잘 살게 하는 것이기에 해야만 한다.

자식은 잘 살고 있어도 항상 안쓰럽고 마음 아프고 걱정된다. 하지만 어른이 되었으면, 적어도 어른이 되어 가고 있으면 뒤로 물러나서 감정을 덜어 내려 해야 하는 것 같다. 어차피 때가 되면 나의 품을 떠나야 하는 존재이기 때문이다. 뒷모습을 보면서 제대로 길을 가고 있는지, 제대로 살고 있는지만 살펴보고 바라봐야 한다. 나의 생을 다할 때까지 말이다.

결혼을 쉽게 선택했다

나를 엄마로 선택해 주고 나에게로 와 주어서 고맙고, 자식은 내 생의 전부를 바쳐도 아낌없는 존재라는 게 모든 엄마들의 마음일 것이다. 나 역시 갖은 고생을 하면서 희귀병을 얻고 불면증과 우울증에 시달리면서도 포기하지 않을 수 있었던 것은, 아니 포기할 수 없었던 것은 두 아들의 인생이 나의 선택과 함께 곧 나의 인생이었기 때문이다. 정말 많이 힘들었지만 두 아들에 대해서는 한 치의 후회도 없다. 오히려 아들들에게는 엄마로 살게 해 줘서 고맙다는 말을 해 주고 싶다.

7장

이혼을
선택해야
할 때

이혼이라는 선택

부부들은 같이 살아가는 과정에서 이혼이라는 생각을 곱씹을 수 있다. 단 한 번도 이혼을 생각한 적이 없다면 로또만큼이나 큰 행운을 가진 사람이라고 생각한다. 내가 젊었을 때는 이혼을 행동으로 옮기기에 너무도 많은 제약과 위험이 있었고 대가도 컸다.

사회적으로 곱지 않은 시선과 이혼이라는 꼬리표, 그리고 아이들도 사회적으로 안 좋은 시선을 받아야 했다. 무엇보다 여자들은 일부 직업 외에는 경제적인 독립이 거의 불가능했다. 그래서 그냥 참고 살아야 하는 경우가 많았다.

결혼을 끝낸다는 것은 얽히고설킨 실타래를 푸는 것만큼 힘들다. 이것은 예전이나 지금이나 큰 차이가 없을 것이다. 단지 이혼에 대한 사회적인 관념이 많이 달라졌을 뿐이다.

요즘 황혼이혼이 많이 늘어난다고 한다. 오랜 결혼 생활을 한 뒤의 황혼이혼에 대하여 혹자는 "그만큼 살았으면, 좀 더 참고 살지 뭘~"이라고 말하기도 한다. 그러나 황혼이혼은 버티다 버티다가, 참다 참다가, 내가 죽을 수도 있겠다는 위기감에 하는 거라고 생각한다.

결혼을 쉽게 선택했다

나는 낭떠러지의 절벽 끝에 서 있는 상태임에도 불구하고 떨어질 수가 없다고 느꼈을 때, 나 자신만이라도 살아야겠다는 마음으로 이혼을 선택했다. 그만큼 절박한 상태에서 힘들게 선택했지만 이혼 뒤의 상실감과 공허함을 이겨 내는 것은 쉽지 않았다.

반복되는 굴레를 벗어날 수 없으며 내가 없어진다고 느껴질 때, 내 인생이 아니라고 끊임없이 생각될 때, 나 자신을 잃고 있고 누군가 반복해서 나에게 해악을 끼치고 있다고 생각될 때, 그리고 숨이 막히고 이런 안 좋은 생각들이 끊임없이 나를 괴롭히고 있다면 나는 계속 죽어 가고 있는 것이다.

결국 결혼의 어긋남은 상대방을 참기 힘든 것에서부터 시작되는 것이다. 내가 잘하면 상대방이 변할 것이라는 생각을 너무 쉽게 하지 않았으면 좋겠다. 사람은 스스로 노력해야만 변할 수 있는 것이다.

나의 책임감은 지켜야 하지만 상대방의 책임감까지 짊어질 필요는 없다. 사람마다 견뎌 낼 수 있는 힘, 버텨 낼 수 있는 정신력이 다르다. 그렇게 나에게 주어진 한계를 넘어서 견디다가 병에 들었을 때 옆에서 이 사람이 위안이 되어 줄 수 있을까?

진지하게 생각해 보라. 병은 세월과 함께 점점 깊어진다. 병들고 아플 때조차 확신이 없다면, 나는 병이 들기 전에 편안함을 찾으라고 권하고 싶다.

병에 들기 시작하면 그때까지의 내 인생은 비누 거품이 되는 것 같다. 궤도에서 한 번도 벗어나지 않고 열심히 살았다 한들, 나의 책임감을 굳건히 지키려 최선을 다했다 한들, 지켜야 할 이들을 지켜 내었다 한들, 병에 들어 아프면 아무도 나를 지켜 주지 않는다. 또다시 혼자서 병의 고통을 견뎌야 하는 것이다. 상대방이 병의 고통을 나누려 하지 않는다면 어차피 나의 몫이 된다.

결혼은 아픔을 나눌 수 없는 부부라면 함께하는 의미가 없다.

이혼을 생각하게 됐을 때

모든 선택이 그렇듯, 결혼이라는 선택도 잘못할 수 있고 실수할 수 있다. 바로잡을 수 있다면 내가 선택한 결혼을 지키기 위해 최선을 다해야 한다. 요즘은 상담 센터나 도움을 받을 곳도 많은 것 같다. 모든 수단을 동원해서 노력해야 한다고 생각한다.

분명한 것은 결혼이라는 선택을 결심하기 전에 본인의 마음을 되돌아봐야 한다는 것이다. 결혼은 믿음과 순결을 바탕으로 존중, 배려가 지속되어야 한다. 말하지 않아도 서로가 지켜야 할 결혼의 서약이다. 이 중 하나라도 어긋나기 시작한다면 금이 가고 있는 것이다.

존중과 배려는 어느 한순간에 생기는 것이 아니다. 어려서부터 부모의 인성교육과 환경, 더불어 유치원과 학창 시절, 사회생활을 거치면서 스스로 성숙해지면서 터득해야 하는 것이다. 이러한 것들은 문제가 있다면 결혼 전에 발견할 수 있고, 느낄수 있다. 하지만 사랑한다는 이유로 무심하게 넘기고 용서한다면 결혼 생활의 큰 위험 요소가 될 수 있다.

나의 결혼 생활에는 배려가 전혀 없었고 존중조차 받지 못했다. 그런 행동을 접했을 때, 처음에는 얼떨떨했고 이해를 못 하다가 화가 났었다. 하지만 계속 반복되다 보니 나 자신도 모르게 그러려니 하면서 그러한 모습들에 동화되어 갔었다. 그러면 안 되는 것이었다. 말이 안 통해도 끊임없이 얘기하며 지적해야 했다. 그리고 그 사람에게 화를 냈어야 했다. 어차피 소통이 어려웠겠지만 적어도 나 자신 스스로를 죽이지는 않았을 것이다.

모든 사람에게는 버릇이나 나쁜 습관, 트라우마나 과도한 강박관념 등이 어렸을 때의 환경을 통해 무의식적으로 비롯된 것이 많다고들 한다. 그래서 결혼을 하는 상대방과는 많은 이야기를 서로 솔직하게 주고받을 수 있어야 한다. 아주 어렸을 때부터 만남까지 말이다. 이렇게 결혼에 대한 준비가 시작되어야 한다고 생각한다.

경제적인 것, 조건적인 것은 부차적이다. 가장 큰 아픔이나 가장 큰 문제점, 또 본인조차 모르는 어둠까지도 말이다. 이런 부분을 서로 얘기하고 소통하면서 이해하려 해야 한다. 필요하면 상담 센터의 도움을 받아도 된다. 이렇게 서로를 알고 시작한다면, 상대방의 성향과 문제점을 모르는 채 시작하는 결혼과는 많은 차이가 있을 것이다. 자기 자신에 대해서도 알아 가는데 좋을 것이다.

나는 전남편의 30세 이전의 어릴 때 환경이나 학창 시절, 그 이후의 생활에 대해서는 들은 바가 거의 없다. 물어보아도 대충 넘어가거나 말을 돌릴 뿐이었다. 그의 누나들조차 상세한 얘기를 해 주지 않았다. 그리고 그 사람은 친한 친구가 한 명도 없었다. 그래서 여러 환경들이나 상황들이 제대로 조성되지 않은 채 혼자서 성장을 하지 않았을까 하는 생각을 가끔 했을 뿐이다.

어쨌든 서로를 존중해 주는 것은 정말 중요하다. 타인들과의 인간관계 역시 그렇지만, 배려도 마찬가지이다. 존중받지 못하고, 배려가 없는 것은 인간성을 좀먹는 것과 같다.

이런 기본이 되어 있지 않은 채, 결혼이 시작되었다면 서로 배워 가려고 노력해야 한다. 상대방이 변하려 하지 않고, 배우려 하지 않는다면 어느 정도까지 인내해야 하는지는 본인이 스스로 정해야 한다. 평생 인내하고 곪아 가면서 살지는 말길 바란다.

나의 시대에는 존중과 배려가 없다고 결혼 생활을 되돌린다는 것은 불가능에 가까웠다. 오히려 이상한 건 나 자신이 되어 있던 시대였다. 나 자신을 포기하고 인내해야 했다. 지금은 다르지 않은가? 세대가 다르다.

또 한 가지 중요한 것이 순결이다. 순결은 믿음과 동격이다. 존중과 배려를 받지 못할 때는 다투고, 얘기하고, 노력하고, 인내한다. 그런 와중에도 믿음이 바로 깨어지진 않는다. 하지만 부부 둘 중 하나가 순결의 약속을 저버렸을 때는 믿음도 동시에 깨진다.

순결은 절대로 어겨서는 안 되는 약속이다. 순결의 약속이 깨지면 믿음이 사라지는 것은 물론 상대방에게는 평생 용서하기 어려운 상처로 남는다. 시간이 지나도 그냥 묻어질 뿐이고, 수시로 튀어나오는 괴물 같은 감정이다. 용서할 수 없다면 얼마나 묻고 지낼 수 있는지를 스스로 생각해 보아야 한다.

결혼을 선택할 때는 싸우고 화해하고 미워해도 행복해하면서 평생을 함께하리라고 확신한다. 혹여나 이를 확신하지는 못해도 누구든지 그렇게 살아가려고 결혼을 한다. 그리고 노력하고, 희생하고, 인내한다.

지금 이 순간에도 그렇지 못하고 깊게 이혼을 생각하고 있을 누군가가 있을 거라고 생각한다. 길은 잘못 선택할 수 있다. 잘못된 길을 계속 가든지, 힘들어도 되돌아와서 더 나은 길을 선택하는지는 본인만이 할 수 있는 운명적인 선택이다.

10년 후에 후회할지 안 할지를 생각해 보기 바란다. 나 자신의 길임을 확신하면서 가는 것만큼 중요한 것은 없다.

사람마다 다를 수 있지만 개인적으로 이혼의 선택은 결혼보다 훨씬 어렵다고 생각한다. 특히 자녀가 있을 경우에는 더욱 그렇다. 하지만 아닌 것을 지각했거나 확신이 섰을 때는 두려워하지 말고 다시 새롭게 시작할 수 있다는 것을 인지했으면 좋겠다.

결혼 생활에서 위안을 얻을 수 없고, 숨이 막힌다면 나 자신을 위해서라도 편안함을 찾아야 한다. 스스로의 인생이고 나를

결혼을 쉽게 선택했다

위한 인생이기 때문이다. 나의 소견이지만 결혼을 하지 말아야 하는 사람도 있고, 부모가 되지 말아야 하는 사람도 분명히 있는 것 같다. 하지만 그게 본인의 잘못은 아닐 수 있다.

다시 혼자가 된다는 것은

이혼은 할 수 있다. 하지만 아무리 관념과 의식이 예전과 달라졌다고 하더라도, 다시 혼자로 돌아가는 것은 결혼 전의 혼자와 완전히 다르다.

강해지고 단단해져야 한다. 가슴에 남은 상처와 큰 실패에 대한 상실감, 게다가 아이까지 책임져야 한다면 앞으로 나아갈 수 있을지에 대한 두려움까지 이겨 내면서 경제적인 독립도 해야 한다.

하지만 감정만으로 결혼을 하면 안 되듯이 감정만으로 이혼을 하면 안 된다.

결혼의 선택이 잘못되었다면 이혼의 선택은 재차 확인하고 또 확신해야 한다. 그리고 준비해야 한다. 나는 적어도 감정을 추스르고 2년 이상은 끊어 내야 하는 인연이라는 확신이 드는가를 되새겨 봐야 한다고 생각한다. 그리고 이혼의 이유에 대해서도 타당성이 있어야 하고 후회하지 않을 자신도 있어야 한다. 또한 세상에 나아갈 수 있는 힘과 경제적인 독립도 준비해야 한다.

결혼을 쉽게 선택했다

단순한 성격의 단점이 아니라, 도저히 참을 수 없고 이해되지 않는, 용서할 수 없는 행동들에 대해서는 계속 바라보고 생각해 보며 준비해 보아야 한다. 그래서 확신을 얻어야 한다. 그러면서 언제까지 참아 낼 수 있는지를 끊임없이 생각해야 한다.

그래야 행동으로 옮길 수 있다.

특히 아이가 있다면 아이에게 모든 감정을 주며 미안해하지 않았으면 한다. 나는 아이들 때문에 오랜 기간 참고 버텼지만, 다시 생각해 보면 그렇게 오랫동안 참을 필요는 없지 않았나 하는 생각이 든다. 아이들에게는 미안하고, 또 미안하고 애간장이 녹지만, 나의 인생을 오롯이 전부 내놓지는 않아도 되었다.

어린아이라도 그들의 몫은 그들도 안다. 내가 흔들리지만 않으면 된다. 부모로서 너희들을 굳건하게 지켜 준다는 사랑과 믿음을 전하면 된다고 본다.

나 자신처럼 스스로를 포기하고 계속 참으면서 힘들어 죽겠다는 생각만 계속하고 있지 않았으면 한다. 본인 자신을 포기하지 않고 다시 찾아 나서도 된다. 겁이 나고 두려울 수 있다. 하지만 막상 닥쳤을 때는 생각보다 본인이 강하다는 걸 느낄 수 있을 것이다.

나는 늦었다 해도, 힘들다 해도 이혼을 선택한 것에 대한 후회는 전혀 없다. 단지 너무 오래 버티느라 병이 생긴 것에 후회가 된다. 억울하다. 지금도 진통제로 하루를 시작하고 통증을 매 순간 참고 견디고 있다. 그래서 '5년만 더 일찍 끊어 냈더라면…' 하는 후회가 가끔 든다. 무엇을 위해 끝까지 좋게 마무리 하겠다고 기를 쓰고 세월을 낭비하였는지…. 5년이라는 시간 동안 병은 훨씬 심해졌다.

또한 긴 시간 끝에 인연을 끝냈다고 해서 상실감이 아예 없는 것은 아니었다. 이혼이라는 건 좋게 마무리되는 것은 없는 것 같다.

다시 한번 말하지만, 이혼은 절대 감정적인 것이 아닌, 내 인생의 가장 크고 중대한, 그리고 되돌릴 수 없는 선택이자 새로운 시작이다. 다시는 후회하지 않을 결정과 가장 현실적인 준비를 해야 한다.

60세가 되어 그토록 원하던 혼자가 되었다. 편안함을 얻었고, 하고 싶은 것도 많았고, 할 수 있을 것 같았다. 하지만 현실은 혼자 일어나 혼자 자고 하루 종일 말 한마디 할 사람 없이 소파에 앉아 TV와 벽을 보며 하루하루를 보내고 있다. 여러 가지 여건이나 체력이 따라 주질 않는다. 이런 것들은 미처 생각하지 못했다.

늘 혼자 밥을 먹는다는 것은 참 쓸쓸하다. 먹고 싶은 것이 있어도, 식당 앞에서 서성이다가 들어가지 못하고, 집으로 돌아와 혼자 대충 때운다. 아주머니도 아니고 할머니도 아닌데 혼자 식당에 덩그러니 앉아 주문해서 음식을 먹고 있자면, 아무도 나를 신경 쓰지 않아도 스스로 초라해지는 것 같다.

50대와는 또 다르다. 나이가 든 것에서부터 사소한 일상생활까지 혼자라는 게 나를 이렇게 묶을 줄 몰랐다. 익숙해지려 하고 아직은 괜찮다고 세뇌시키지만, 결국 인정해야 한다. 그래서 생각이 달라지고 되돌릴 수 없다는 것에 다시 강해진다.

혼자가 되었을 때는

결혼 생활을 끝내고 혼자가 되었을 때는 자기 자신을 늘 돌아보고 돌봐 주어야 한다.

지금 나의 길을 잘 가고 있는지, 지금 나의 마음은 괜찮은지, 너무 지쳐 있지는 않는지, 또다시 희생하고 인내하고 있는 건 아닌지 하며 스스로에게 물어봐야 한다.

잘 가고 있다면 스스로를 칭찬해 주고, 마음이 슬프고 외로우면 스스로라도 두 팔로 가슴을 감싸 안아 주길 바란다. 괜찮다고, 좋아질 거라고.
너무 지쳤다고 생각이 들면 스스로에게 휴가를 주자. 단 하루라도 말이다. 제일 하고 싶은 것을 하며 위안하고 웃어 보자.

희생하고, 인내하고, 받지 못하는 배려를 하고 있다면 마음속에서 뺄 건 빼고 더할 건 더하면서 정리를 해 주자.

내가 견뎌 낼 수 있는 것과 견뎌 낼 수 없는 것을 정하고, 견뎌 낼 수 없는 것은 과감하게 빼야 한다. 나중으로 미뤄도 된다. 점점 강해질 테니까.

8장

하고 싶은
마음의
이야기들

가장 힘든 선택의 기로에서는 내가 가장 원하는 것과 내게 가장 중요한 것을 먼저 생각해야 한다. 내가 정한 선택이 잘못되었다 하더라도 최선을 다해야만 후회가 없다.

그리고 지나간 상황들 속에서 실패들의 이유를 되돌아보며 교훈을 얻어야 한다.

누구나 실수를 하고 실패를 경험하지만, 그것으로부터 교훈을 찾아 성장할 수 있는 건 다른 얘기다. 아무리 힘들고 지쳐 삶을 포기하고 싶을 정도임에도, 빛이라고는 찾아볼 수 없는 칠흑 같은 어둠 속의 깊은 터널을 걷는 느낌이 들어도, 살아야 한다. 살아 내야 한다. 그 순간에도 삶은 지속되기 때문이다.

열심히, 정말 열심히 버텨야 한다. 지켜야 할 이가 있는 경우에는 더욱 그래야 하고, 너무너무 힘들 때쯤 내가 느끼지 못하는 사이에 한 번씩 등대의 가는 빛줄기가 나를 살려 준다. 앞으로 계속 가야 한다. 모든 것에는 끝이 있다.

나는 열심히 버텼고 조금은 남다른 삶을 살았다. 삶에서 느낀 후회와 실패들 속에서 얻은 교훈들에 대한 지극히 개인적인 의견을 아들들에게 얘기해 주는 마음으로 적어 보려고 한다.

몇 번 넘어져도 다시 시작하는 나이, 20대

20대는 아름다운 나이이다. 그럼에도 쉽지 않은 나이다. 마치 첫걸음마를 떼는 아기가 두려움을 이겨 내고 발을 떼는 순간과 같고, 숨어 있던 커튼이 젖혀지며 성인이라는 인생을 맞이하는 시기이다.

신날 것 같지만 녹록지 않다. 그럼에도 아름다운 것은 실수를 해도, 실패를 해도, 다시 일어날 수 있기 때문이다. 순간순간 열정적으로 사랑할 수 있고 이별도 이때만큼 아파하기 어렵지만 그래도 실컷 아파해도 된다.

많이 실수해도 되고, 많이 실패해도 된다. 두려워하지 말았으면 좋겠다.

몇 번 넘어져도 다시 시작할 수 있다는 용기와 다시 일어설 수 있다는 지혜를 배우면 된다. 누구에게나 20대의 추억은 참으로 아름답다.

소중한 사람을 존중하기 시작하는 나이, 30대

30대는 예쁜 나이이다. 현실적인 인생이 시작된다. 파도 같은 인생을 맞이하며 가장 많이 노력해야 하는 나이이기도 하다. 그래도 결혼 전이라면 다시 시작할 수 있는 나이다. 결혼 전이라는 전제가 붙는 나이인 것이다.

살아가면서 오롯이 본인 스스로의 의지만으로 선택할 수 있는 일은 많지 않다. 본인 스스로 선택할 수 있는 가장 중요한 선택이 바로 결혼이다. 잘 선택해야 하지만 선택은 각자의 몫이다. 모든 사람이 다르듯 본인에게 맞는 배우자도 다르다. 내가 가장 원하는 것과 내게 가장 중요한 것을 생각해 봐야 한다. 인생을 바라보는 방향이 맞고, 위안을 주고 편안함과 웃음을 주는 배우자면 좋을 것이다.

나는 결혼에 실패했다. 너무 쉽게, 그리고 안일하게 선택했었다. 내 결혼 생활 실패 이유 중 가장 중요한 것을 꼽으라면 소통이다. 소통은 곧 대화인데, 대화는 말하는 것보다 들어 주는 것이 더 중요하다. 집중하여 들어 주고 솔직하게 말하는 게 필요하다.

부부는 끊임없이 들어 주고 얘기해야 하며 끄덕여야 한다. 무엇보다 남자와 여자는 근본적으로 다름을 인지하고 서로 인정해야 한다.

과거의 나는 아들만 둘이고 딸이 없다는 것에 별다른 애석함은 없었고, 딸을 갖고 싶다는 생각도 없었다. 하지만 50대가 되면서부터 가끔씩 딸이 있었으면 좋겠다는 생각이 들곤 했다. 나의 아들들은 다정하고 섬세한 편이다. 그래서인지 엄마와 많은 얘기들을 편하게 하는 아들들인 편이다. 그래도 가끔 '아, 얘네들은 남자구나!' 하는 생각을 한다.

그들은 남자로서 어른이 되어 가고, 나는 여자로 늙어 가기 때문에 성별의 차이에서 오는 감정의 공유가 어려운 부분이 생길 수밖에 없다. 아들은 나이 든 엄마의 머리가 길어져 삐쭉삐쭉 삐져나오면 미용실에 가서 머리카락을 자르라고 친절하게 말해 준다. 반면 딸은 안쓰러워하며 미용실에 데려가 잘라 준다. 사소한 것 같지만 완전히 다른 시각이고 다른 행동이다. 이런 것들로 다투고 쌓이는 게 결혼 생활이다.

방송들을 보면 시어머니에 대한 푸념은 많아도 장모님에 대한 푸념은 거의 없다. 그렇게 다르다. 사위들이라고 장모님에 대한 불만이 전혀 없겠는가. 처갓집이 편안하기만 하겠는가. 말을 못 하니까 안 하는 것뿐이다. 그냥 사회생활 하듯이 참고 맞춰 주는 것이다. 절대 아들만 있다고 해서 하는 얘기가 아니다.

연애는 둘이 하는 것이지만, 우리나라에서의 결혼은 가족이 하는 것이다. 아내의 부모, 형제와 남편의 부모, 형제가 다 포함

되는 것이다. 결혼은 그런 마음으로 맞이해야 한다. 어떻게 내 부모와 같겠는가? '나만 그렇다'가 아니라 내가 그러면 '너도 그렇다'임을 절대 잊지 말아야 한다.

결혼은 또한 자식을 함께하는 사이가 될 수 있다. 내가 선택한 사람과 함께 선택되지 않는 자식을 함께 갖게 되어 세상에서 가장 힘든 일 중 하나인 그들을 키워 내는 일을 해야 한다. 육아도 함께 해야 한다. 아기에게 '너를 사랑하는 아빠도 있고, 엄마도 있어.'라고 알려 주듯이 말이다. 부모는 성장해 가는 아이들과 늘 함께여야 한다. 그 순간은 함께할 수 있는 시간이 많지 않을 뿐만 아니라 아이들은 금방 자란다. 그때를 놓친다면 뒤늦게 대가를 치른다.

30대는 부모 곁을 떠나면서 새로이 맞이하는 진짜 내 인생의 시작이다. 이전의 나와는 달라져야 한다. 이기심보다는 배려와 희생을 배워야 한다. 나보다 소중한 사람들이 생김으로써 그들을 존중하고 더 큰 사랑을 주는 법을 익혀야 한다. 어렵다.

자신 스스로를 깎아 내고 다듬어 가면서, 앞으로 살아가는 인생에서 토대가 되는 어른으로서의 인격과 성품을 재창조해야 하는 것이다. 엄청 노력해야 한다. 그리고 자신을 믿어야 한다. 그런 노력을 끊임없이 할 수 있고 해야 하는 나이라서 예쁘다.

결혼을 쉽게 선택했다

멋지게 나이 듦을 창조하는 나이, 40대

40대는 멋진 나이다. 가정이나 사회에서 적당히 원숙하고 경륜을 갖춰 자신감이 넘치는 나이다. 자칫 오만하기 쉽고, 또 자책하기도 쉬운 나이다. 그래서 오만해서는 안 되고 자책해서는 더욱 안 된다. 아직 젊기에 되돌리는 것은 어려워도 고쳐 갈 수 있다.

40대는 책임감을 중요시하고 정체되지 않으려고 해야 한다. 주변 이야기에 귀를 기울이고 스스로를 수정하면서 좀 더 나은 사람으로 성장해야 한다. 되돌아보기도 해야 하고, 앞으로 나아가기도 해야 한다.

100세 시대라는 건 그만큼 노년이 길어지는 것을 뜻하는 것과 같다. 하지만 퇴직 나이와 일할 수 있는 나이가 즉각적으로 길어지지는 않는다. 그래서 노후 준비를 필수로 해야 한다.

나는 결혼함과 동시에 노후 준비를 시작하라고 아들들에게 얘기하곤 하지만, 30대의 그들에게는 까마득하게 들릴 것이다. 40대는 다르다. 이제는 일을 할 수 있는 나이보다 노년이 더 길어지는 나이이기 때문이다.

40대는 멋지게 나이 들 수 있음을 창조할 수 있는 나이다. 항상 깨어 있어야 한다. 나이를 잘 들어간다는 것은 60대부터 시작되는 게 아니다. 40대부터 순간순간 어떻게 살고, 어떻게 살아갈 것인지에 대해 늘 진지하게 생각하면서 자신을 담금질해야 가능한 것이다.

또한 지금을 즐기면서 삶을 멋지게 장식해 나가야 하겠지만 이러한 삶이 꼭 많은 경제력을 가져야만 한다고 생각하지 말았으면 좋겠다. 열심히 일을 할 수 있고 생계에 대한 걱정이 없다면 많은 욕심을 낼 필요가 없다.

과거의 나도 행복이라는 것은 수많은 것들을 가져야만 가질 수 있는 것이라고 생각했었지만 아니었다. 행복은 지금, 바로 이 순간이다. 소중한 가족이 옆에 있고, 그들이 건강하고, 내 마음과 내 몸이 건강하다면 더없이 행복한 것이다.

40대부터는 2년에 한 번 정도 혼자만의 여행을 가는 것을 추천한다. 가까운 곳이라도 좋고 단 하루만이라도 좋다. 소소한 힐링에 큰 도움이 될 것이다.

결혼을 쉽게 선택했다

화려하지만 이면을 봐야 하는 나이, 50대

50대는 화려한 날이다. '라떼는 말이야'가 시작된다. 여유롭고, 사회적으로든 가정적으로든 정점에 있는 나이다. 그만큼 열심히 살아서 올라왔으니 이제야 누린다는 뜻도 된다. 그럴 자격도 충분하다.

인생은 가장 좋은 때일수록 구렁에 빠질 수 있다는 것에 준비하며 살아야 한다. 50대가 가장 그래야 하는 나이다. 곧 60대가 된다. 화려함의 이면이 있는 것이다. 상황이 달라질 수 있고 바뀔 수 있다 함에도 '뭔 소리야?!'이다. 듣기 싫고 들어지지 않고 생각되지 않는다.

50대는 배우려 하지 않고, 고치려고 하지도 않는다. 나부터도 50대가 된 이후부터는 아이들에게 "엄마, 변했어. 늙었어." 하는 소리를 들었다.

아집스러워지고 잘못을 절대 인정하지 않는다. 그래서 50대에게는 크게 하고 싶은 말이 없다. 이미 고착되어 있다. 단지 건강해도 건강에 신경을 쓰는 것을 권유한다.

또 다른 시작, 60대

60대는 이제 시작이라 살아 봐야겠다. 단지 항상 깨어 있으려고 노력한다. 건강 때문에 노년이 너무 길지 않았으면 좋겠다는 생각도 한다.

내 나이 60세. 지금부터 30년 이상이 되는 노년을 혼자 보내야 한다는 건 재미없고, 쓸쓸하다. 무엇보다 독거노인이라는 말로 나의 인생이 마무리된다는 것은 먹먹하다고 해야 하나…. 감정으로는 표현이 안 된다.

그래도 60이 된 지금의 나는 많은 경험으로 평온함을 얻을 수 있는 법을 알게 되었다. 그리고 하얗고 검은색의 중간인 회색빛의 잔잔함도 아는 현명함을 지닐 수 있는 것에 60이란 나이도 괜찮다는 생각이 든다.

무엇보다 예전에는 꿈꾸기 어려웠던 글쓰기도 새로이 시작할 수 있음에 감사하고, 책을 쓰는 과정에서 새로운 희망에 설렌다.

6개월 전부터 집 근처 강변을 1시간씩 걷는 운동을 시작했다. 가끔씩 노을이 걸쳐 있는 풍경을 그 자리에 서서 바라보곤 한다. 40대의 언제부터인가, 11월과 석양의 노을이 나에게 평온함과 아름다움을 주기 시작하면서 좋아하게 됐다.

11월은 계절의 끝이자 좋아하는 겨울의 시작이고, 노을은 낮의 끝이자 저녁의 시작이다. 아마도 11월을 맞이하고 노을의 석양을 보면 너무 힘들었던 그때가 생각나기도 하고, 지독하게 길었던 암흑 터널이 끝나길 바라는 간절함이 섞여서 그런 것 같다.

이제는 그 끝에 서 있는 것 같다. 또한 시작에 서 있다. 여전히 보조약까지 하루 30알 이상의 약을 삼키고, 이틀이 멀다 하고 파스를 여기저기 붙이는 통증에 시달리고 있지만 이겨 내려 하고 있다. 가끔씩 밀물처럼 밀려오는, 지난 세월의 억울함, 답답함과 함께 찾아오는 공허함에 힘들기도 하지만 견뎌 내고 있다. 노을을 바라보며 나 자신에게 말한다.

"은희야! 그동안 살아 내느라 애썼다. 수고했다!!"

결혼을 쉽게 선택했다

ⓒ 이은희, 2024

초판 1쇄 발행 2024년 1월 2일

지은이   이은희
펴낸이   이기봉
편집   좋은땅 편집팀
펴낸곳   도서출판 좋은땅
주소   서울특별시 마포구 양화로12길 26 지월드빌딩 (서교동 395-7)
전화   02)374-8616~7
팩스   02)374-8614
이메일   gworldbook@naver.com
홈페이지   www.g-world.co.kr

ISBN   979-11-388-2649-5 (03810)